sujet verlag

Originalausgabe: „*La Préférence Nationale*“,
PRÉSENCE AFRICAINE éditions, 2001

Die Übersetzung aus dem Französischen wurde mit Mitteln
des Auswärtigen Amtes unterstützt durch
litprom - Gesellschaft zur Förderung der Literatur
aus Afrika, Asien und Lateinamerika e.V.

CIP - Titelaufnahme in die Deutsche Nationalbibliothek

Fatou Diome
Eingeborne zuerst!
Aus dem Französischen von *András Dörner*
Lektorat: *Amir Shaheen, Brigitte Buthmann-Simon*
ISBN 978-3-933995-95-7

Umschlag: Tarlan Mirshekary & Shakeh Mirzakhan Saki
Layout: Sina Brandt, Sujet Verlag
Druckvorstufe: Sujet Verlag, Bremen
Printed in Europe
1. Auflage 2012

www.sujet-verlag.de

Fatou Diome

Eingeborne zuerst!

Erzählungen

Aus dem Französischen übersetzt von
András Dörner

sujet verlag

INHALT

Die Bettlerin und die Schülerin

Ein paar geröstete Erdnusskerne, zu einem Häufchen geschichtet; eine Hand ergreift sie und füllt sie in eine kleine Tüte. Sachte fallen sie hinein, wie Lebenstage in den Trichter der Zeit. Noch eine Tüte und noch eine. Die Hand ist geübt, braucht nicht einmal die Hilfe der Augen, um sie zu formen. Die Finger sind verkrümmt, schrundig, hart und zittrig. Vom Unterarm zieht sich ein Muskel bis zum Daumen, tritt wie ein Schnürsenkel immer wieder hervor, um die Tüte fertig zu stellen. Ein anderer Muskel läuft von der Armbeuge aus am Bizeps entlang und endet genau unter einem dritten, der sich mit einer dicken Ader verbündet. Beide führen wie eine Bahnschiene den Hals entlang, bis hin zum linken Unterkiefer der alten Codou.

Der Papiervorrat besteht aus alten Schulheften. Um aus den Blättern Tüten zu fertigen, werden sie zwei Arbeitsgängen unterzogen. Zunächst klemmen zwei Schenkel ein aufgeklapptes Heft ein, sparen nur ein Blatt aus, das wie eine Klinge zum Himmel zeigt. Prompt zieht die Hand an ihm, reißt es heraus. Dann geben die Schenkel das Heft frei, drücken sich erneut zusammen und verwandeln sich in eine Arbeitsplatte. Ein Handstumpf hält das Blatt fest, die Hand glättet es ein wenig, schüttet einen Becher Erdnüsse darauf, rollt es zusammen und knickt das spitze Ende um.

Der Wind wehte die ausgerissenen Blätter zuweilen bis in den Hof. Codou lief ihnen dann hinterher, um sie wieder einzufangen. Hin und wieder musste sie die Blätter aus dem Bambuszaun hervorholen, wo sie sich verkrochen. Doch es war, als wären manche von ihnen mit Güte erfüllt, als würden sie weiterfliegen, um auf blutende Wunden zu hauchen, die in der Nachbarschaft verkrüppelte Gliedmaßen und für ewig erloschene Augen zu hinterlassen drohten. Die alte Codou lebte mit ihrem durch Polio entstellten Sohn Diokéle im Viertel der Leprakranken. Die Pfeile der Seuche, die aus den großen Städten gekommen war, hatten Guignane, ihrem Mann, die Augen ausgestochen. Aus den zwei leeren Höhlen über seiner Nase sickerten weißliche Tropfen hervor, die den

Staub des Tages mit sich führten, den Guignane nicht mehr loswurde. Nachdem die Lepra ihm das Augenlicht geraubt hatte, ging der Alte auf seinen Stock gestützt die Straßen des senegalesischen Foundiougne entlang und psalmodierte: „Nguir yalla, sarakhéléne, nguir yalla.“ – „Gott ist gnädig, gebt Almosen im Namen des Herrn.“ Jedes Mal, wenn ihm jemand eine Münze zusteckte, ein Stück Brot, eine Handvoll Reis oder Hirse, erging er sich in Segenswünschen und verhieß der guten Seele das göttlichste der sieben Paradiese Mohammeds. Guignane hatte die Körperfresser-Krankheit zuerst bekommen. Codou, ganz die ergebene Ehefrau, folgte ihm bis in die Quarantäne, pflegte ihn und wollte dabei von der Ansteckungsgefahr nichts wissen. „Ich habe keine Angst“, entgegnete sie immer wieder auf die zahlreichen Warnungen. „Gott allein befindet über uns.“

Und Gott hatte befunden, die Lepra sollte ihre rechte Hand fressen. Mit der Kraft des Glaubens versehen hatte Codou ihrem Mann das giftige Sekret zuvor liebevoll aus dem Gesicht gewischt.

Mit einer Hand weniger konnte Codou kein Holz mehr hacken, um es wie früher auf dem Markt zu verkaufen, konnte auch die dürren Fische nicht mehr braten, die die Fischer ihrem Mann, dem einstigen Bauern, im Tausch gegen ein paar Gran Hirse überlassen hatten. Tief im Gedächtnis des alten Guignane waren seine Felder zu einem vagen Herbstbild zusammengeschrumpft. Nachdem er die Sehkraft eingebüßt hatte, ging er vorzeitig in Rente und lebte seitdem von seinen Psalmengesängen, die Foundiougne durchzogen. Außerdem hatte er seiner Frau ein paar nützliche Lektionen gegeben, sodass sie in überaus kurzer Zeit zu einer gewitzten Bettlerin wurde.

Codou ging regelmäßig in die Häuser, hielt sich dort etwa fünf Minuten auf. Mit einer schönen Stimme ausgestattet, sang sie zunächst Kirchenlieder, die jegliche Zweifel an den göttlichen Verheißungen zerstreuten, und endete mit weltlichen Gesängen, die dazu dienten, das Zartgefühl der Bewohner herauszukitzeln und das ganze Ausmaß ihrer Tragödie auszumalen, die Gott jedem aufbürden konnte, wie sie sagte. Codou trieb ihre Altstimme in himmlische Höhen und ließ sie dann so sanft herabsinken, dass selbst die hartgesottensten Seelen erschauderten. Eines dieser Lieder, die so manche Geldbörse lockerten, ging so:

Walaye walaye soumako walaye
Yalla ma nattou ma dik di yélwane
Walaye walaye soumako walaye
Yalla bima binde moye séne boroom
Walaye walaye soumako walaye
Yalla kouko nékh mou tëgko ndogalame…

Das bedeutet:
Ich schwöre im Namen Allahs
Gott hat mich erprobt, ich komme, um zu betteln
Ich schwöre euch im Namen Allahs
Mein Schöpfer ist auch der eure
Ich schwöre euch im Namen Allahs
Gott erprobt die Wesen seiner Wahl

Einige ließen sich von ihrem Hang zur Fürsorglichkeit erweichen, andere waren vom Wunsch beseelt, dem Grollen der Götter zu entgehen, wenn sie Codou ein paar Münzen oder etwas Essbares gaben. Alle beteten zuvor, das Almosen möge sie von den verschiedensten Sorgen erlösen, das Unheil die Ihren verschonen und stattdessen die Nutznießerin der Gabe heimsuchen. Manche gingen vor wichtigen Ereignissen in ihrem Leben sicherheitshalber sogar so weit, die alte Codou persönlich aufzusuchen, ließen ihr dann ansehnlichere Gaben zukommen, um so das Schicksal milde zu stimmen. In dieser Welt, die so dermaßen tief im Aberglauben steckte, maß ihr niemand den geringsten gesellschaftlichen Wert bei. In ihrer Funktion als Projektionsfläche hingegen war sie unentbehrlich. Wie ein Magnet im Sand einer alten Schmiede zog sie den ganzen Schrott der Gesellschaft an. Das war ihr Leben als Bettlerin.

Codou saß auf ihrer Bank, hielt den Ellenbogen auf den Oberschenkel, das Kinn in die ihr verbliebene Hand gestützt, reckte den Hals nach vorn und wartete. Dass ihr großer Korb fast leer war, zeugte von einem einträglichen Vormittag. Ihre Erdnüsse, Thiaf genannt, hatten sich gut verkauft, doch Codou war immer noch da, allein und regungslos.

In der Stille des Wartens standen die Augen von Codou weit offen. Das Licht ihres Blicks ruhte an einer zerborstenen Fensterscheibe der Schulfassade, schien sich in ihr zu spiegeln, sich im Innern von Codou in eine Fackel zu verwandeln und Stück für Stück ihr Leben zu beleuchten, das sie vor dem Geschäft mit den Erdnüssen geführt hatte. Sie biss sich auf die Zähne und glaubte ihre herrliche Stimme zu hören, die in der ganzen Umgebung geschätzt wurde und ihr jedes Mal, wenn sie eines ihrer Klagelieder anstimmte, ein Stück ihrer Würde entriss. Dann machte sie eine Bewegung, als wollte sie eine allzu oft gehörte Platte endgültig zum Verstummen bringen.

Auch wenn ihr das Gedächtnis bisweilen das Herz erweichte, um sie mit ihren Erinnerungen in Berührung zu bringen, war Codou doch froh, dass diese allmählich in den Schlund der Zeit glitten. Was sie nicht mehr verließ, war diese Demut der Unglückseligen, die es schafften, der Verbitterung Paroli zu bieten.

Codou saß auf der Schwelle ihres Hauses gegenüber vom Gymnasium, das ihr eine treue Kundschaft einbrachte. Stets kamen zur Mittagszeit und während der anderen Pausen Schüler herbeigelaufen. Für viele von ihnen waren die gerösteten Erdnüsse das Einzige, was sie tagsüber zwischen die Zähne bekamen. Codou war die ganze Zeit da. Man konnte sie stets noch dort sitzen sehen, nachdem sich die letzte Tüte aus dem großen Korb verflüchtigt hatte. Sie wartete. In einem kleineren Korb, den sie sorgfältig unter der Bank verstaut hatte, verbarg ein kariertes Notizheft zwei Tüten, die schwerer waren, als diejenigen, die zum Verkauf bestimmt waren. Codou befühlte sie ab und zu und wartete weiter.

Der Strom der Schüler floss zur Hauptschlagader der Stadt und riss mich mit sich fort. Aus der Luft betrachtet, konnte man sich die Schüler als schwarze Wachskugeln vorstellen, die die Sonne zu einer kompakten Masse zusammenschmolz. Eine auf die Menge geworfene Kalebasse würde nicht auf dem Boden zerspringen, so dicht waren die Köpfe beieinander. Durch eine optische Täuschung erschienen sie wie in eine Wellenbewegung versetzt, die der Meeresbrandung am Strand glich. Doch nicht alle Wellen brechen sich an denselben Ufern. Die Verschmelzung war Illusion, denn selbst in der Herde behält jedes Zebra seine ihm eigenen Streifen.

Die Kleidung der Schüler ließ auf ihre Herkunft schließen: Kleider, Röcke, Hosen und Hemden von der Stange wiesen auf Kinder von Beamten und Akademikern hin. Trachten, von Schneidern der Stadt aus bunten Damast- und Batikstoffen gefertigt, umhüllten den Nachwuchs der Geschäftsleute und Honoratioren. Zu diesen zählten vor allem religiöse Führer, die sich nicht etwa damit begnügten, den ersten Rang an der Seite Gottes für sich zu beanspruchen, sondern außerdem Wert darauf legten, ihre Sprösslinge für die Eroberung der politischen und wirtschaftlichen Bühne zu rüsten. Lebensläufe sagten uns damals zwar noch nichts, aber die Bügelfalten in der Kleidung kamen Rändern von Visitenkarten gleich.

In meinen Jeansshorts und dem bunten T-Shirt, das ich auf dem Flohmarkt aufgestöbert hatte, träumte ich von der Zeit, da Leopold Sedar Senghor, der einstige Präsident des Senegals, eine Schuluniform aus ozeanblauer Baumwolle eingeführt hatte: kurze Hose und Hemd für die Jungen, geknöpftes Kleid für die Mädchen. Heute mischen sich die hässlichen Entlein nicht mehr so leicht in den Tanz der Pfauen.

Einige Meter vom Gymnasium entfernt löste sich die Menge allmählich auf. Am eiligsten hatten es diejenigen, die eine üppige Mahlzeit erwartete. Ich warf einen Blick nach links. Der Bäcker auf dem kleinen Platz war noch offen. Zusammen mit dem Schrillen der Schulklingel hatte der Duft der Thieboudienne die letzten Dame-Spieler nach Hause getrieben. Ich bog wie gewohnt nach rechts zu Codous Haus ein. Da erhoben sich die Stimmen im Chor, deren Träger ich noch heute verfluche:

„Guckt mal, die Klassenbeste mit den löchrigen Sandalen! Bäh! Die geht doch zu Couddou, der Aussätzigen. Wenn du dir die Seuche holst, nimm sie mit in dein Dorf! Bäh!"

Das waren die Kinder des Doktors und ihre Clique, die einzigen, die nie Codous Erdnüsse kauften. Absichtlich entstellten sie den Vornamen der Händlerin zu Couddou, was auf Wolof Löffel oder Kelle heißt. Das war eine Anspielung auf ihre verwaiste Hand, übermäßig groß und wie verkrümmt von den vielen Arbeiten, die sie allein verrichten musste. Mit dieser Hand machte Codou nun eine Bewegung, als wollte sie den ganzen Abgrund ihres Elends als Bettlerin andeuten. Ich drehte mich um, zeigte ihnen den Stinkefinger und ging weiter.

Die Sonne legte einen Striptease hin, doch nur die Moschee war steif. Mein Kopf glich einem Dampfkochtopf. In meinem verflüssigten Gehirn köchelten Gleichungen ohne Ergebnisse vor sich hin. Ich rechnete in Francs CFA. Ergebnisse? Ein Ergebnis! Erschreckend.

50 x 99 = 4950

5000 – 4950 = ···

Bevor ich auf das Ergebnis kam, stand Codou vor mir.

„Da bist du ja endlich, Kleine", sagte sie leutselig. „Ich bin heute früher fertig geworden. Hab schon auf dich gewartet. Hier sind deine dreißig Francs. Lauf schnell Brot kaufen, ehe der Bäcker zumacht", sagte sie nun in einem gespielt autoritären Ton, ohne mir die Zeit zu lassen, sie zu begrüßen.

Während sie sprach, wühlte ich in meinem Beutel, den ich über die Schulter trug. Er war unglaublich tief. Meine Großmutter hatte ihn aus den Resten eines alten Tergal-Lakens genäht und dafür einen ganzen Abend verwandt. Er diente mir als Reise- wie auch als Schultasche.

„Was suchst du denn?", fragte mich Codou.

„Meinen Stift. Ich will die 50 Francs von heute aufschreiben: 30 fürs Brot und zwei mal 10 für die zwei Tüten Thiaf, wie immer", antwortete ich, während meine Hand noch immer im Beutel steckte, der mir bis zu den Knien reichte.

„Der Bäcker macht gleich zu, Kleine", sagte Codou noch einmal. „Lauf, ich warte auf dich; danach sehen wir weiter."

Ich nahm die 30 Francs und lief los.

Unterwegs dachte ich wieder an meine Begegnung mit Codou. Verschiedenen Quellen entsprungen, Meeresarmen gleich, hatten sich unsere Wege getroffen, wirbelten nun gemeinsam, würden sich irgendwann wieder voneinander lösen und Zielen zustreben, die allein der Zufall bestimmte. Derselbe Zufall, der es gewollt hatte, dass mein Gymnasium in Codous Stadt und nicht etwa in meinem Dorf gebaut worden war.

Als wir uns kennengelernt hatten, lebte Codou als Bettlerin. Obwohl sie es schaffte, mit ihren Liedern, die auf Gläubigkeit und Gewissensnöte anspielten, den Bewohnern von Foundiougne ein paar kärgliche Gaben abzuluchsen, wusste sie doch, dass ihr ärgster Feind die Gleichgültigkeit war, die der Routine auf dem Fuße folgt. Daher zog Codou zu wechselnden Zeiten durch die verschiedenen Viertel. Auch ich wusste nie im Voraus, wann sie mich aufsuchen würde. Ich war von den Saloum-Inseln gekommen und hatte bei einer polygamen Familie Unterkunft gefunden. Die Größe des Familienoberhaupts bemaß sich an der Anzahl der hungernden Münder um ihn herum: zwei Frauen und achtzehn Kinder, eingepfercht in drei Schlafzimmern und einem Wohnzimmer. Während das abgezehrte Rückgrat der drei Schafe, die im Hof den Sand wegfraßen, noch von deren Fell bemäntelt wurde, waren die Knochen der Menschen nahezu entblößt und schienen ungeniert den Himmel anzuklagen. Der Unterhalt, den mir meine Großmutter regelmäßig schickte, versiegte so schnell wie eine Träne mittags in der Wüste von Chinguetti.

Arm dran waren diejenigen, die sich bei den Mahlzeiten zu spät an der Ceres-Schüssel einfanden. Die war breit, flach und stets nur zu einem Viertel gefüllt. Man kam kaum mit der Hand bis zu ihr durch. Hatte man es doch geschafft, befanden sich darin allenfalls Überreste des Essens oder hin und wieder der Kopf eines Fisches, der mit großen Augen ins Elend der Gesichter glotzte, die die ovale Form von Nullen hatten.

Von hier zog Codou oft unverrichteter Dinge wieder ab. Dabei wusste sie, dass Tote keine Steuern zahlen und aus einer leeren Scheune keine Körner zu holen sind. Doch ihre armen Füße, die den Spuren der Hoffnung folgten, hielten an ihren Haltepunkten fest.

Mein Gymnasium lag drei Kilometer von meiner Bleibe entfernt. Einen Monat nach meiner Ankunft verzichtete ich auf die Jagd nach den ersten Bissen. Um mir die Fragen der Schulaufsicht zu ersparen, tat ich mittags so, als würde ich zu meiner Unterkunft gehen, verließ die Schule zusammen mit der Menge, trennte mich aber einige Gassen weiter von ihr. Nachdem ich mir Erdnüsse und einen Kanten Brot gekauft hatte, ging ich über einen Umweg zur Schule zurück.

Beim Gehen ins Brot beißen, kauen, Erdnüsse in den Basketballkorb werfen – den Mund. Wie ich sie schnappte, mit dem zerkauten Brot vermengte, das machte Spaß! Der Speichel dafür?

Reichlich vorhanden! Ein Geschmack wie salzige Schokolade, wie Überleben. Ärgerte mich wie eine Basketballspielerin, die nicht trifft, wenn eine Erdnuss von der Bahn abkam, den Mixer verfehlte, im Sand landete. Ich hob sie auf, putzte sie ab. Der Schiedsrichter pfiff: Freiwurf. Treffer. Das Spiel – die Mahlzeit – ging weiter. Ein Happen Brot, eine Erdnuss, ein Happen Brot, zwei Erdnüsse, ein Happen Brot, drei Erdnüsse, kein Brot mehr da, eine Erdnuss, eine Erdnuss… Der Schiedsrichter pfiff. Treffer; der letzte.

Ich nahm einen großen Schluck Wasser vom Schulbrunnen, da hörte mein Bauch auf, mir Befehle zu erteilen. Ich lag unter einem Baum auf dem menschenleeren Schulhof und lernte meine Lektionen, ehe am Nachmittag der Unterricht weiterging. Diese zerbrechliche Ruhe sollte allerdings bald bröckeln.

Eines Abends war in meinem alten Pappkoffer alles durcheinander. Ich hatte ein paar Geldscheine darin versteckt. Die waren nun weg. Da die Leute hier so eng aufeinanderhockten, hatte es keinen Zweck, groß nachzuforschen, aber ich konnte nicht hinnehmen, dass mein bisschen Kohle von einer Kloake verschluckt wurde wie ein Glas Wasser. Die Scheine waren noch ganz feucht von dem Schweiß, den ich den Sommer über vergossen hatte. Während die Touristen darauf erpicht waren, so braun wie möglich zu werden, hatte ich mich als Mädchen für alles bei einer Familie in Dakar verdingt. Es hatte viel Schweiß fließen müssen, um den Durst des Schuljahres zu löschen.

Der Löwe löscht seinen Durst mit dem Blut der Hindin; die Löwenjungen lecken das blutbefleckte Gras. Daher befragte ich die sechs ältesten Kinder. Die waren prompt beleidigt. Gemeine Anschuldigung! Nach der Mahlzeit leckt sich der Löwe genüsslich übers Maul. Zu meiner Bestrafung dachte sich der Patriarch eine Foltermethode aus, die einer Zuchtanstalt zur Ehre gereicht hätte. Ich hing der Länge nach einen Meter über dem Boden. Als Folterschergen hatten mich die ältesten vier Söhne umstellt, an den Gliedmaßen gepackt, gestreckt und hochgehoben. Der hünenhafte Patriarch sah aus der Höhe auf das Hängebrett hinab, zu dem ich gemacht geworden war, holte mächtig aus und prügelte mit dem Ochsenziemer immer wieder auf meinen Hintern und meinen Rücken ein. Der Rest der Familie ließ sich durch meine Schreie nicht weiter stören. Obwohl ich sie beim Namen rief, kamen mir auch die Frauen nicht zu Hilfe. Ich hatte auf ihren mütterlichen Beschützerinneninstinkt gezählt, begriff aber schnell, dass man im Reich der Polygamie Gott nicht einfach am Bart zupft.

Der beißende Schmerz meiner blutigen Knie weckte mich auf. Die Schergen hatten mich nach der Prügelarie offensichtlich auf den Betonfußboden geworfen. Als ich die Augen aufschlug, bemerkte ich die bleierne Stille um mich herum. Alles schlief, bloß der Patriarch saß mir gegenüber auf einer Bank. Da ich das Bewusstsein verloren hatte, musste er auf mich achtgeben. Er hatte es unterlassen, das Fleisch meiner Brust mit meiner zerfetzten Bluse zu verhüllen. Mir war, als wollte ihn mein zorniger Körper aus der Welt hinausstoßen. Wie eine zuschnappende Schere kreuzten sich dann meine Unterarme an der Stelle, wo sein Blick mit seinem Charakter zusammenfiel.

„Ich habe dich geschlagen, damit klar ist, wer Herr im Hause ist", sagte der Patriarch mit blutrünstiger Stimme. Einige Oktaven niedriger fügte er hinzu: „Ich selbst habe dein Geld genommen. Du bist schließlich noch ein Kind, wie kannst du da 2000 Francs bei dir tragen, anstatt das Geld einem Erwachsenen anzuvertrauen? So hast du eben eine stille Reserve", sagte er und machte dabei eine scheußliche Fratze.

Er war hinter das Geheimnis meiner ausgedehnten Schultage gekommen. Ich erwartete das Urteil und es brach sogleich über mich herein:

„Von heute an kommst du jeden Morgen in mein Zimmer, ich gebe dir dann genau so viel, wie du brauchst."

Er stand auf, rückte seinen Kopf zurecht, sah mich schief an und fuhr sich mit der Zunge über die Lippen. Bevor er wegging, säuselte er noch:

„Vergiss nicht: Eine Hand, die züchtigt, kann auch zärtlich sein."

Bevor ich am nächsten Morgen zur Schule ging, klopfte ich an seine Tür. Er ließ mich eintreten.

„Guten Morgen, Pa-Dioulé“, sagte ich. „Ich brauche 50 Francs.“ Er saß am Bettrand. Der Kaftan ging ihm bis über die Knöchel. Sein Portemonnaie lag, nicht zu übersehen, auf einem kleinen Tisch neben der Tür. Er sagte, ich solle es ihm geben. Als ich es ihm reichen wollte, packte er mich am Handgelenk und hob den Kaftan hoch. Darunter war er nackt. Auf seinem Penis lag eine Münze. Da entwich eine zähe, klebrige Stimme aus seinem Schlund, die mir ganz neu war an ihm.

„Schau, er braucht heute Morgen auch was. Danach kriegst du die Münze, komm schon, komm. Psst!“

Ich zappelte wie ein Karpfen im Netz. Die Angst hatte mir die Stimme geraubt. Doch mein Mund deutete plötzlich einen Schrei an. Der Hausherr zögerte; die Schlinge um meinen Hals lockerte sich. Mit einer heftigen Bewegung wurde ich gegen die halb offen stehende Tür geschleudert.

Beim Rauslaufen stieß ich einen kleinen Korb um, in dem zwei kleine, grünschwärzliche Mangos lagen. Dazwischen war eine überreife Banane mit verschrumpelter Schale. Ich bin nie wieder ins Schlafzimmer von Pa-Dioulé gegangen, weder um nach seinen überreifen Früchten zu sehen, noch um mein Geld zurückzuverlangen.

Wie Abwässer einer städtischen Kanalisation brandeten die Erinnerungen daran in mir auf. Nicht mehr weit vom Bäcker entfernt, geriet ich darüber ins Stocken, kam dann an einem Haufen Unrat vorbei, den eine Hausfrau aus der Umgebung dort abgeladen hatte. Als mir einfiel, dass ich keine Zeit zu verlieren hatte, war der Bäcker schon zu. Ich machte kehrt. Die alte Codou musste allmählich ungeduldig werden. Außerdem waren da noch die ungelöste Gleichung und die Zahlen, die ich in unser kleines Notizheft eintragen musste.

99 x 50 = 4950. Ja, das war der Stand. Die alte Codou schuldete mir bloß noch 50 Francs: zwei Tüten Thiaf und 30 Francs fürs Brot, die nächste Mittagsmahlzeit. Unsere finanzielle Verbindung hatten wir einige Wochen nach meiner Ausplünderung durch den Patriarchen geknüpft. Der glaubte indes, er hätte meine gesamten Ersparnisse konfisziert.

Er wusste eben nicht, dass ich ursprünglich Niominka bin.

Die Serer-Niominka lagern ihre Ernte nie nur in einem Speicher. Derjenige, der im Busch versteckt gehalten wird, ist stets voller als der im Haus. Was Pa-Dioulé für einen satten Fang hielt, war nicht mehr als ein Fischschwanz. Der Hauptteil war woanders.

In Wirklichkeit war ich mit 7500 Francs im Beutel nach Foundiougne gekommen. Während der ersten Schultage hatte ich das Geld stets bei mir getragen, entweder in einem Strumpf, in der Jeanstasche oder im Schurz. Das war allerdings unpraktisch. Besonders im Sportunterricht, wenn ich immer wieder zur Umkleidekabine hinüberspähen musste. Ich hatte genug vom ständigen Kontrollieren und beschloss daher, mein Geld auf zwei Verstecke zu verteilen. Ich legte 5000 Francs in eine Plastiktüte, steckte sie in ein leeres Milchfläschchen und vergrub es direkt vor dem großen Baum mitten auf dem Schulgelände. Der kleinere Schatz in meinem Koffer hatte mir bis zu seiner Entdeckung als Grundstock für den Alltag gedient.

Die alte Codou blieb ihren wechselnden Zeiten treu und fand sich eines frühen Morgens wieder bei meinen Gastgebern ein. Ihre Lieder kitzelten die ersten Sonnenstrahlen. Doch Codou war im Nu wieder draußen und ging mit ihrem Schatten beladen zur Hauptstraße, die zum Gymnasium führte. In ihrem Gang lag wenig Entschlossenheit. Es schien sie eine übermenschliche Anstrengung zu kosten, ihr Elend vor sich herzutragen. Da ich mich gerade auf den Weg zur Schule machte, holte ich sie schnell ein.

„Guten Morgen, Mütterchen Codou“, begrüßte ich sie.

„Guten Morgen, mein Mädchen“, sagte sie. „Ein Almosen wird deinen Gastgebern gewiss nicht den Schlüssel zum Paradies einbringen“, klagte sie, um dann energisch fortzufahren: „Die sind geiziger als das Gerippe ihres ältesten Ahnen. Da, wo bei anderen das Herz schlägt, haben sie ein Stück Teakholz. Wie erniedrigend, für die zu singen!“ Das sah ich ganz ähnlich. Codou zeichnete mit ihren Worten das schwarze Tuch nach, das diese Familie allmählich über meiner Seele ausgebreitet hatte.

Da ich nach wie vor mittags wegblieb, bedrängte mich der argwöhnische Hausherr immer stärker mit seinen Fragen. Er ahnte, dass ich mich anstatt eines Mittagessens mit einem Imbiss begnügte. Daher rechnete er damit, dass ich noch irgendwo Geld hatte. Während Codou sich ohne große Aussicht auf Ertrag bemühte, ihm ein Almosen abzulisten, verrenkte ich mir das Gehirn darüber, wie ich es anstellen könnte, meine verbliebenen Ersparnisse vor seiner Raffgier zu retten. So war ich auf die Idee gekommen, mich mit Codou zu verbünden.

Foundiougne war Mittelpunkt einer Region, die von der Landwirtschaft lebte. Die Bauern kamen in die Stadt, um dort ihre Erdnussernte zu verkaufen. Der Handel mit den Hülsenfrüchten war daher ein lohnendes Geschäft. Es brauchte lediglich Holz, Salz und ein wenig Geld, um daran teilzuhaben. Da es Codou allein an letzterem fehlte, schlug ich vor, ihr meine 5000 Francs zu leihen.

Mit dem Geld könnte sie auf dem Markt zwei Säcke Erdnüsse kaufen und rösten. Eine günstige Verkaufsstelle lag auf der Hand, denn Codou wohnte ja gegenüber vom Gymnasium. Daher brauchte sie sich bloß vor die Haustür zu stellen, um dort die hungrige Kundschaft der Schüler abzufangen, die nachmittags oft auf ihre Erdnüsse angewiesen waren.

Was die Rückzahlung betraf, hatten wir einen mündlichen Vertrag abgeschlossen. Es war vereinbart, dass sie mir an jedem Schultag zur Mittagszeit zwei Tüten Thiaf im Gegenwert von 20 Francs gab, dazu drei 10-Francs-Münzen für den Kauf von einem Viertelpfund Brot. Nachdem Codou ihren Kleinhandel aufgenommen hatte, gab ich ihr das Notizheft, in dem ich fein säuberlich Raten und Restbetrag festhielt. Mit dem kleinen Gewinn, den sie erzielte, ernährte Codou ihre Familie. Außerdem hatte sie es sogar geschafft, ihren Erdnussvorrat aufzustocken. Ihre Bettelei war damit nur noch eine triste Erinnerung.

„4950 Francs“, sagte ich im Gehen noch einmal zu mir, „dann sind die 5000 Francs morgen zurückgezahlt. Das heißt Kohldampf statt Kohle.“ Zurück bei Codou, freute ich mich regelrecht, dass ich kein Brot mehr bekommen hatte. Denn für die dreißig Francs, die überlebt hatten, würde ich noch drei Tüten Thiaf bekommen.

„Wo hast du denn das Brot?“, fragte mich Codou.

„Der Bäcker hat schon zu“, erwiderte ich.

„Aber Kleine“, sagte sie betroffen, „du hättest schneller laufen sollen. Du bist ja so verträumt. Hier, nimm deine zwei Tüten Thiaf und noch eine dazu, weil du kein Brot mehr gekriegt hast. Aber die dritte zählt nicht, die schenke ich dir.“

„Wo hast du das Notizheft“, fragte ich sie, nachdem ich ihr gedankt hatte. „Ich schreibe die 20 Francs von heute auf, und die 30 Francs fürs Brot bekommst du, damit…“

„Kommt nicht infrage, Kleine. Heute schreiben wir nichts auf“, sagte sie hartnäckig.

„Doch, Mütterchen Codou“, entgegnete ich. „Außerdem schuldest du mir in zwei Tagen gar nichts mehr. Du hast mir schon 50 Francs x 99 minus die 30 Francs fürs Brot zurückgegeben. Das sind…“

„Moment mal, Kleine“, sagte sie und gebrauchte ihre verkrümmte Hand nun als Krücke für ihre Stimme. „Ich kann zwar weder lesen noch schreiben, aber ich weiß, wie viel das ist. Doch es gibt Dinge, über die man in der Schule der Weißen kaum was erfährt. Freundschaft kann man nicht messen, aber deine Thiaftüten und die Münzen fürs Brot wirst du immer von mir kriegen. Bis morgen, Kleine, aus unserem Notizheft mache ich wieder schöne Thiaftüten.“

Die gestohlene Hochzeit

Die Lethargie des Nachmittags lastete nicht auf den Wimpern über seinen großen Augen. Er stand zur Seite geneigt, den großen Körper an den Rathauszaun gelehnt. Sein ganzes Wesen schien den dichten, drückenden Schleier der Atmosphäre abzuhalten. Es war Trockenzeit. Die Khaya-Bäume waren nahezu verdorrt. Der glitzernde Asphalt schmolz routinemäßig vor sich hin. Junge Landbewohner, die den Dschungel verlassen hatten, trugen ihr einziges Gut auf dem Kopf, eine Kühlbox, gefüllt mit Eistüten, die sie Passanten zum Kauf anpriesen. In Dakar eingetroffen, glaubten sie das Elend hinter sich, doch es steckte ihnen noch in den Lumpen. Dann schlängelten sie sich zwischen den Autos hindurch und warfen hupenden Fahrern ein paar derbe Worte nach. Angetrieben von einem Lebensdurst, der allein denjenigen gegeben ist, die sonst nichts haben, sahen diese Kleinhändler jeden Tag dem Tod ins Auge.

Der junge Mann sah sie, ohne sie zu sehen. Er selbst war am Vortag aus einer Kleinstadt nach Dakar gekommen. Sein Beweggrund war indes weniger schicksalsschwer. Er war wegen *DER* Hochzeit gekommen. Er würde das Jahr mit einer Hochzeit beginnen. Sein Gesicht war ernst.

Ein schönes, weißes Auto einer japanischen Marke fuhr in den Hof vor dem Rathaus hinein. Der Fahrer stieg aus, ging um den Wagen herum, öffnete die rechte hintere Tür und half in der Art galanter, vornehmer Männer der Braut beim Aussteigen.

Die Menge aus Eltern, Freunden und Bekannten hatte sich je nach Sympathie in kleine Gruppen aufgeteilt, erhob sich nun wie ein Block, drängte sich vor dem Heiratszimmer zusammen und bewunderte die Braut. Da waren Schwarze und Weiße, Christen und Muslime, Europäer, Senegalesen und Amerikaner. Zahlreiche Kleider in den verschiedensten Farben ließen an einen überdimensionalen Flickenteppich denken. Am außergewöhnlichsten war das Pochen der Herzen, die, von der Aura des nahenden Ehebundes erfüllt, im Takt schlugen. Wenn Gott wirklich überall war, musste er seine Schöpfung an diesem Tag für vollkommen halten.

Die Augen der Menschen waren einander zum Verwechseln ähnlich. Nur der junge Mann hatte seine eigenen behalten. Die Menge wiegte sein einsames Herz. Es schlug an der Seite der anderen, doch nicht im Einklang mit ihnen; es widersetzte sich jedem anderen Rhythmus. Der junge Mann hatte sich von seiner Lehne gelöst, dem Zaun, der seinem schlanken, geschmeidigen Athletenkörper beim Warten auf die Prinzessin des Tages verständnisvoll Halt geboten hatte. Er wirkte dezent und gleichzeitig elegant, sofern man von den wenigen überflüssigen Zentimetern absah, die seinen Kopf in den Punkt über dem breiten „i" verwandelten, das die Menge bildete.

Da das Amt nun einmal vor mir war, setzte es ein Lächeln auf. Ich tat es ihm erst gleich, überlegte es mir jedoch anders. Ein Lächeln ist ja kein Grund, gleich Feuer zu fangen. Es war ein Gelegenheitslächeln; es galt nicht mir, sondern der Braut.

In seinem marineblauen Anzug hatte sich der Bürgermeister in Positur gesetzt. Eine rote Krawatte mit gelbblauem Muster umschloss den Kragen seines hellblauen Hemdes. Am Anzug, auf Höhe des Gürtels, hatte er eine Nationalfahne befestigt. Wollte er damit etwa die Potenz des Landes symbolisieren? Ich gebe zu, der Augenblick war günstig, doch es wäre mir lieber gewesen, er hätte unsere drei Nationalfarben nicht über den Lenden, sondern als Schärpe über Schulter und Herz getragen. Seine Brille brauchte er gar nicht mehr, um zum tausendsten Mal seine Formeln vorzutragen, von denen sowieso nie jemand Notiz nahm. Mit ihrem Widerschein beleuchtete sie sein Gesicht und ließ seinen Geschmack in einem speziellen Licht erscheinen. Er war beharrlich, der Bürgermeister. Sein Sessel mutete wie ein Erbstück an, so sehr hielt er ihn in Ehren. Wie selbstverständlich hatte er seinen Platz eingenommen in diesem Saal, der ihm so vertraut war, dass er darüber ganz die Szenerie vergaß. Begleitet von seinem Stellvertreter hatte er sich mechanisch auf das Podium gesetzt und brauchte nun bloß „Stift" oder „Gesetzbuch" zu sagen, wie ein Chirurg, der ohne auch nur den Kopf zu rühren befiehlt: „Schere!", „Skalpell!" Beide waren bereit für die Zeremonie und wandten sich nun den künftigen Eheleuten zu. Das Publikum war still und aufmerksam.

An der hinteren Wand hing ein imposantes Gemälde, das den schönen Aspekt einer Tragödie zum Vorschein brachte. Thema war die Sklaverei. Auf dem Bild waren kräftige schwarze Männer zu sehen, deren gespannte Muskeln von einer echten Anstrengung zeugten. Die Männer waren im Gänsemarsch dargestellt, aneinandergekettet. Ihre Freiheit war nicht größer als fünf Glieder der dicken Eisenkette, die sie unerbittlich an ihr Schicksal fesselte. Da nahm der Bürgermeister das Gesetzbuch aus den Händen des Stellvertreters und ging daran, die Glieder einer anderen Kette zu schmieden, nämlich die der Ehe.

Der große junge Mann war zu sehr ins Geschehen vertieft, um an seine Brüder zu denken, die mehrere Jahrhunderte zuvor den Atlantik überquert hatten. Womöglich ging es ihm wie mir und er dachte an jenen Tag zurück, an dem das Schicksal unsere Wege eigenmächtig zueinander geführt hatte. Es war, als hätte dieser Tag seine Sonne fünf Jahre lang gebannt gehalten, damit sie nun diese Hochzeitszeremonie bescheinen konnte.

Es war ein Nachmittag wie jeder andere gewesen, wie der heutige, ein afrikanischer Nachmittag auf dem Siedepunkt der Hitze. Zusammengesunken unter der Last von Thieboudienne, Domoda, Mafe oder von anderen, kaum kalorienärmeren Gerichten überwältigt, glitten Wolofs, Seres, Diolas und Tukulor in den Mittagsschlaf, an den die hiesigen Völker gewöhnt sind. Diejenigen, die der Hitze die Stirn boten, schlürften unterm Palaverbaum geräuschvoll einen Tee. Wie gewohnt biss uns der trockene, heiße Passatwind. Die welken Blätter raschelten unter den Schritten der Passanten, wurden von ihnen in den heißen Sand getreten und so endgültig um eine feuchtere Ruhestätte gebracht. Die Hunde ließen ihre meterlangen Zungen heraushängen, auf die sich nach Kühle lechzende Fliegen gesetzt hatten, um dann in einem schleimigen Schacht zu landen.

Gewiss hatte der große junge Mann an diesem Tag die gigantische Goldkugel bemerkt, die, von den Kolonialherren einst vergessen, vom Himmel herabhing. Mit ihrem grellen Licht leuchtete sie dem Regen, der uns zu dieser Jahreszeit gern besuchte, auf seiner Reise. Wenn sich die Nasen blähten, wenn man um Sauerstoff rang, sich unterm Palaverbaum zusammendrängte, dem einzigen Ort der Barmherzigkeit, den die Behausungen boten, dann konnte nur ein üppiger Regen die wachsende Nervosität der Menschen besänftigen. Indem man brüllte und dazu wild herumgestikulierte, versuchte man die Stimme des Gegenübers zu ersticken. All dies schuf eine fiebrige Atmosphäre. Wäre Prometheus hier gewesen, die Stadt wäre in Flammen aufgegangen. Als hätte Gott die Tür zur Hölle aufgestoßen, um uns ihren Atem spüren zu lassen. Er wirkte wie das Fegefeuer, dieser Tag, den sich das Kultusministerium für die Französischprüfung ausgesucht hatte.

Im Hochzeitssaal waren über hundert Augenpaare auf die Rücken des jungen Paares gerichtet, das dem Amtsherrn gegenüberstand. Der webte ihnen dann eine gemeinsame Leine. Routiniert verkündete er Sätze, die ihn längst kalt ließen. Denn er wusste, dass nur diejenige Treue von Dauer ist, die den Toten an sein Grab bindet. Da er mir von dem, was er uns da glauben machen wollte, so wenig überzeugt schien, beschloss ich, mich in die Zeit meiner Französischprüfung zurückzuversetzen.

An jenem Tag war mein Mittagsschlaf ausgefallen. Trotz der Hitze war mein Mund ungeheuer wässrig. Die Unruhe floss geradezu in mir zusammen. Es war, als hätten die Feuerwehrleute aus Mbour ihren Schlauch verloren, als sprudelte der nun in meinem Hals. Draußen schmolz die Sonne alle und alles zu Karamell. Trotz der Speichelströme, die in mir anschwollen, glich ich einer brennenden Fackel. Da entfernte ich mich lieber vom Palaverbaum, denn ich wollte ihn ja nicht versengen.

In meinem Zimmer hielt Baudelaire die Blumen, doch ich glaubte, er wollte mir Böses. Aimé Césaire schlug mir vor, ich solle ins Land meiner Geburt zurückkehren. In erhabener Gestalt war auch Apollinaire zugegen. Er hatte die geköpfte Sonne gesehen, die trotzdem noch da war. Da glaubte ich, es müsse ihn jucken, auch mir den Kopf abzuschlagen. Aus diesem Labyrinth fand allein Molière den Ausgang. Er wollte mich dort herausholen, indem er mich als Tartuffe verkleidete. Doch ich weigerte mich, denn es war ja nicht Karneval. Es war der Tag der Französischprüfung. Da sollte ich besser etwas früher zur Schule gehen.

Für die wenigen hundert Meter, die mich vom Demba-Diop-Gymnasium trennten, hatte ich meine schönsten Schuhe angezogen. Meine Fersen mieden den glühenden Sand, stützten sich feige auf das Leder eines anonymen Tieres. In meinem Kopf wähnten sich bürgerliche Schriftsteller in Wien, tanzten betrunken Walzer und brüllten dabei untreuen Schönheiten Verse zu. Unter der Tropensonne dröhnten meine Schläfen wie Sabar-Trommeln. Das ganze Jahr über hatten uns die Lehrer mit Lernstoff vollgestopft, den wir für die Prüfung frisch zu halten hatten, wie Enten, die sich mit ihrer Stopfleber im Bauch bis Weihnachten schleppen.

Auf dem Weg zur Schule glaubte ich zu spüren, wie mein Gehirn allmählich leckschlug. Doch ich betete, dass es dicht blieb. Meine Stoffladung durfte auf keinen Fall entweichen. Welch ein fürchterlicher Gedanke, meinen ganzen Jahresvorrat einzubüßen! Ich war es leid, meine Gehirnwindungen zu durchwühlen und gab es auf, denn mir war klar, dass sich manche Ideen eben irgendwann verflüchtigen.

Ein Räuspern im Hochzeitssaal holte mich zum Ereignis des Tages zurück. Der Bürgermeister verlangte gerade von den jungen Leuten, sie mögen sich mitsamt ihren Gefühlen für die Ewigkeit einbalsamieren. Angesichts dieser Utopie schwebte wieder die Ungewissheit des Prüfungstages über mir.

Am Gymnasium angekommen, stellte ich zu meiner Überraschung fest, dass nicht nur ich zu früh war. Unzählige Prüflinge waren bereits da. Bloß die Lehrer, die fest im Sattel ihrer Macht saßen, gönnten sich den Luxus, gelassen pünktlich zu kommen. Wie sich wenig später zeigte, waren sie gut vorbereitet, schick gekleidet und sogar ziemlich parfümiert. Sie kamen von weiter her. Wir warteten auf sie und hofften doch, sie würden nie eintreffen. Der Gegner durfte uns nicht überrumpeln. Um ihm eine fassbare Gestalt zu geben, schuf sich jeder ein Gesicht. Das des Traumprinzen war gewiss nicht dabei.

Irgendwo in Mbour war an diesem Tag ein großer, junger Mann, sechsundzwanzig Jahre alt, mindestens ein Meter neunzig groß und Französischlehrer. Er bereitete sich ganz anders auf die Prüfung vor.

Was mochte er zu Mittag gegessen haben? Yassa? Thieb? Welches Reisgericht war es wohl gewesen? Mbakhal jedenfalls nicht, das hatte er sicher später gegessen. Hatte er überhaupt gegessen? Zum ersten Mal würde sein Stift einem Schicksal den Weg weisen, ein ganzes Lebensjahr geben oder nehmen. Wegen seiner langen Gliedmaßen wirkten seine Bewegungen ein wenig langsam. Er hatte seine Unterlagen in seiner Ledertasche verstaut und sich anschließend zu Fuß auf den Weg zur Schule gemacht. Sicherlich wollte er sich beruhigen, seine Aufregung in den Griff bekommen, die den Prüflingen zu verraten drohte, dass es ihm nicht anders ging als ihnen. Sein Kopf war voller unbekannter Gesichter. Womöglich stellte er sich vor, wie sich ein Schüler seine beste Zensur verdiente, indem er ihn zum Staunen brächte. Lehrer gieren nach Überraschendem, sie weiden sich regelrecht daran, genau wie die wenigen Glückspilze oder Begabten, die es schaffen, den Lehrerfedern die poetische Tinte der Höchstnote zu entlocken.

Wir, die zwölf Mädchen der A3B, die insgesamt 53 Schülerinnen und Schüler zählte, waren in der Eingangshalle versammelt. Die Jungs standen einige Meter entfernt. Die Aufregung, die uns ergriff, ließ uns die drückende Schwüle vergessen. Unsere Gesichter erstarrten zu einem Lächeln, das eigentlich Lockerheit vortäuschen sollte. Seither denke ich, dass keine Knie heftiger schlottern, als die des Abiturienten vor der Prüfung. Wir versuchten, mithilfe einer gespielten Miene und eines schlau ausgesuchten Zitats der Nachbarin zu imponieren. Wir lachten über den Schweiß der anderen und hielten den eigenen krampfhaft zurück. Wir redeten über die neueste Mode und wollten so der Tagesordnung entgehen. Wir erzählten Witze, die den Bammel aufkommen ließen, den wir doch vergeblich versuchten runterzuschlucken. Kurz gesagt, Jungs wie Mädchen warteten darauf, dass der Prüfer kam und sie dann aufrief. Dabei frisierten wir so gut es ging das innere Chaos, das uns doch ins Gesicht geschrieben stand. Je weiter die Zeit voranschritt, desto stiller wurden wir. Aus Hähnen – das heißt Jungs – waren Küken geworden. Und die Mädchen mit ihren Nachtigallenstimmen waren nur noch Zikaden. Trotz gewisser Wahrscheinlichkeiten waren im Angesicht des Unbekannten noch alle gleich; ob sie nun ihr Abi in der Tasche haben oder durchfallen würden, alle hatten dasselbe vor Augen: Wenn alles gut lief, das strahlende Bild ihrer stolzen Eltern; wenn es schief ging, das ihrer betrübten Gesichter. Doch alle hielten sich lieber an ein glückliches Ende. Die mündliche Prüfung sollte um 14 Uhr beginnen. Die Namensliste war alphabetisch geordnet, sodass ich das Glück oder Pech hatte, als Erste an der Reihe zu sein. Tatsächlich kam mir die schwere Aufgabe zu, den Reigen zu eröffnen. Um 13.45 Uhr nahmen die Worte auf der Treppe langsam ab. Wie unter dem Schleier einer letzten Kommunion stockte vor der anstehenden Trennung der Schicksalswege allen der Atem. Ein Federstrich, und die opake Masse der Prüflinge sollte in zwei Hälften gespalten werden.

Der Ausgang von Prüfungen ist genauso grausam wie ein Wettkampf bei den Olympischen Spielen. Während die einen mit Edelmetall behängt werden, müssen die anderen ihre Hoffnungen begraben und sich mit der Statistenrolle begnügen. Der einzige Unterschied liegt darin, dass die Arena der Abiturienten allenfalls mit ihrer Einsamkeit gefüllt ist.

Ob nun Lernende mit langem Atem, Büffelnde der letzten Stunde, rasende Sprinter oder einmalige Glückspilze, die Freude derer, die bestehen, ist sicherlich vergleichbar mit der Glückseligkeit von olympischen Medaillenträgern.

Im Hochzeitssaal des Rathauses von Dakar schien die Liste mit den Ehevorschriften kein Ende zu nehmen. Der Bund der jungen Leute hatte jegliche Spontanität verloren. Ihre vom Duft des Atlantiks umhauchten Küsse sollten nun in den staubigen Archiven des Amtes verwelken. Die beiden streichelten sich nicht mehr nur, weil sie sich liebten, sondern weil sie zu Eheleuten wurden. Der Bürgermeister schien ein neues Gesetzbuch zu erfinden; Paragrafen reihten sich an Paragrafen. Warum stützt man eine Hütte wohl mit einem Balken ab? Aus Angst, dass sie sonst zusammenkracht!, ging es mir durch den Kopf. Da dieses Konstruieren kein Ende nehmen wollte, rekonstruierte ich weiter den Tag meiner Französischprüfung.

Kurz vor 14 Uhr waren alle Gesichter starr zum Eingang der Schule gerichtet. Dort musste er eintreffen, der Lehrer, der Prüfer, der künftige Engel oder Dämon, je nach Note, die er dem einen oder anderen geben würde. Es herrschte absolute Stille. Würde ich nun mit dem Teufel tanzen oder mit einem Prinzen?

Oft ließ ich die Bilder dieses Tages in meinem Kopf vor sich hin köcheln. Die Tücken des Gedächtnisses konnten dem nichts anhaben. „Tack, tack“, der Teekessel kocht. Das untere Teeblatt will es mit dem über ihm aufnehmen. Wie wundersam ist doch das Magma unseres Lebens: lauter Sedimente von Geschichten. Der Archäologe kratzt an der Erdkruste, die ihm ächzend gebietet: „Nichtswürdiger Schnüffler, lass mich in Frieden! An meiner Oberfläche biete ich künftigen Sedimenten Zuflucht, und die unterste Schicht dient mir als Halt.“ Mit dem Aroma wirbeln die Blätter nach oben. Dasjenige, das erst ganz unten war, ist jetzt obenauf. Obwohl ausgelaugt, hat es noch ein wenig Farbe behalten und bringt ein Bild zum Vorschein:

Ein Bild geprägt von der Zeit. Ein junger Lehrer geht einen Flur entlang. Er ist groß, schlank, trägt eine Intellektuellenbrille und dazu eine edle Tasche in der Hand. Er ist schmächtig; nur das Gewicht seines Kopfes scheint ihm Halt zu geben. In unserer Gymnasiastenwelt ist er unbestritten der König. Wir achten diejenigen, die mehr wissen als wir. Doch an diesem Tag hatte die Wertschätzung, die wir ihm entgegenbrachten, etwas Heiliges an sich. Im Herz der Prüflinge rang die Erregung des Verurteilten im Angesicht des Henkers mit der des Schiffbrüchigen vor dem Rettungsboot. Da niemand wusste, ob er es mit einem Henker oder einem Retter zu tun bekommen würde, flüchteten wir uns in einen eisigen Respekt. Lächeln hätte lediglich bedeutet, nervös das Gesicht zu verziehen. Schwindel der Angst oder der Aufregung? Ich schloss die Augen. Gleichgewicht halten. Ich öffnete die Augen. Er trat ein. Sein Gang war sicher, sein Auftreten stolz.

Da löste sich die Zunge eines Mädchens und ließ ein Murmeln entweichen: „Wow, was für ein Schönling!" Niemand kennt die Quelle eines Murmelns, das einer Gruppe entspringt. So blieb die Autorin des zweiten ebenso so anonym wie die des ersten: „Der kann nicht der Lehrer sein; der ist zu jung." Doch der Mann kam auf uns zu. Tatsächlich war er zu jung für uns. Von denjenigen, die zum zweiten, dritten, vierten, fünften Mal zur Prüfung antraten oder sich extra für die Schulbehörde um ein paar Jahre verjüngt hatten, mochten manche in seinem Alter gewesen sein. Die Mädchen betrachteten ihn also als einen potenziellen Partner. Ich wirkte weder besonders städtisch, noch war ich die Hübscheste der Gruppe. Gefallen wollte ich ihm trotzdem. Je näher er kam, umso mehr spielte sich eine heimliche Prüfung in meinem Innern ab: „Wie sehe ich aus? Bin ich elegant genug, um ihm aufzufallen bei all den Mädchen…?" Während ich mir noch solche Fragen stellte, stand er auch schon vor uns. Wie von einer unbezwingbaren Kraft geführt, sah er genau zu mir. Jedenfalls kam es mir so vor.

Und für den Augenblick eines Blitzes trafen sich unsere Blicke dann tatsächlich. Ohne dass meine Rivalinnen etwas bemerkt hatten, war mir der Blitz ins Herz gefahren. Es blieb mir nur zu hoffen, dass er den großen, schönen Mann genauso getroffen hatte wie mich. Ich regte mich nicht. Meine Absätze schienen am Betonfußboden der Eingangshalle festgeschweißt. Mein Atem ließ auf sich warten. Nach diesem ebenso erregenden wie unerträglichen Blick stellte er sich vor: „Guten Tag, ich bin Monsieur Fallou… Sie absolvieren die mündliche Französischprüfung bei mir.“ Dann verschwand er im Klassenraum. Während wir darauf warteten, aufgerufen zu werden, drängte sich eine Art Gefühlsprüfung in meine Abiturprüfung. Ich hatte im Schimmer seiner Augen gelesen, was ich wollte, und befürchtete nun, mich getäuscht zu haben. Wie um mich zu beruhigen, sagte ich zu meiner Freundin Louise: „Er und ich, wir kommen zusammen.“ Da machte sie sich natürlich über mich lustig. „Du spinnst ja“, erwidert sie. „Wie schön der ist. Ein aufgeblasener Städter, Lehrer noch dazu. Die Mädels liegen ihm bestimmt zu Füßen. Den kriegst du nie…“ Ich hörte nicht mehr darauf, was sie sagte. Immerhin hatte sie verstanden, dass man am leichtesten bekommt, was kaum jemand begehrt. Die Kleine war überaus vernünftig, schielte nach einem anderen Lehrer, der gar nicht perfekt, sondern in seinem eckigen Gesicht mit einer gewaltigen Nase ausgestattet war. Um Louise zu necken, sagte ich zu ihr: „Wenn dein Schatz in die Schule kommt, müssen wir die Feuerwehr holen. Bei seiner großen Nase wird sonst der Sauerstoff knapp." Louises Kommentare wegen des charmanten Prüfers nahmen mir nicht den Mut. Während ich vor mich hinträumte, stand er auf einmal mit der Namensliste in der Hand in der Tür zum Klassenraum. Mir war ja klar, dass ich als Erste aufgerufen würde und trat daher einen Schritt nach vorn. Da blickte er auf und sah mich an, als wollte er mich zu einem imaginären, teuflisch betörenden Tango auffordern. Ich antwortete nicht bloß auf den Ruf meines Namens, sondern auch auf den meines Herzens. Nachdem der Prüfer eingetreten war, sagte er zu mir, ich solle einen Text auswählen. Ich entschied mich für das Gedicht „Fortgehen" von Aimé Césaire. Das einzige Thema im Einklang mit meinen Ideen: Mit dem schönen Prüfer zusammen fortzugehen. Dann fiel mir auf, dass er mich seltsam anschaute. Jedes Mal, wenn ich aufsah, senkte sich sein Blick. Ich begriff, dass er durcheinander war. Er hörte mir kaum zu. Ich hörte mir selbst nicht zu. Stattdessen tauchte ich Aimé Césaires Gedicht in ein Rosenmeer und ging dann zusammen mit meinem Richter darin unter. Es waren die ersten Zeilen unserer Liebesgeschichte, der ersten Leidenschaft meines Lebens. Die Begegnungen unserer bebenden Körper und die nächtlichen Spaziergänge am Meer waren für mich die höchsten Freuden im einzig möglichen Paradies. Und weil wir lebendig genug waren, es zu erreichen, wünschte ich mir, tausend Jahre in diesem Reich zu verweilen.

Ich dachte an unsere Begegnung und an die fünf Jahre, während derer die Flammen in uns immer höher gelodert, schließlich über uns hinaus gelodert waren. Da fragte der Bürgermeister:

„Mademoiselle Satou… wollen Sie Monsieur Fried zum Manne…?"

„Ja", antwortete ich mit kaum hörbarer Stimme, ganz ergriffen von diesem Augenblick und von meinen Erinnerungen. Der Bürgermeister ließ mich das Jawort wiederholen. Es war eine Qual. Am anderen Ende des Saals lauschte der große junge Mann in eine Stille hinein, die so tief war, dass ihr Echo zu mir herüberdrang. Im Anschluss an das Kussritual applaudierte er als Erster. War dieses erste einsame Klatschen etwa eine Botschaft? Dann kam der Augenblick der Umarmungen. Wie alle anderen beglückwünschte er Monsieur und Madame Fried. Nachdem die Höflichkeiten abgeflaut waren, drang der Hochzeitszug zum Hotel ins Innere der Stadt, wo weitere Gäste warteten. Das Fest erheiterte die Gesichter. Mir aber war seltsamerweise genauso flau zumute wie am Tag meiner Französischprüfung. Nachdem die Nacht eingebrochen war, legte der DJ sinnliche Musik auf. Ich tanzte mit Monsieur Fried, der schließlich aus Boshaftigkeit oder der Höflichkeit halber meinte, ich solle mit Monsieur Fallou tanzen. Dann ging er zu ihm und rief:

„Fallou, komm her! Ich überlass dir die Braut.“ Fallou kam und sagte zu mir:

„Meine Dame, Sie sind wunderschön.“

Doch gerade als wir angefangen hatten zu tanzen, war das Stück auch schon zu Ende. Der Anstand verlangte es, dass ich zu meinem Gatten zurückging. Fallou und ich tauschten Blicke voller Bitterkeit und Wehmut. Plötzlich wurde mir bewusst, dass wir uns anschickten fortzugehen, neuen Jahren, neuen Ufern und neuen Lebensprüfungen entgegen, ohneeinander.

Das Gedicht „Fortgehen“ von Aimé Césaire hatte sich soeben in eine Abschiedselegie verwandelt. Seither nehme ich mich vor den Worten der Dichter in Acht, denn sie begleiten uns hinterrücks auf unserem Weg.

Das Gesicht der Arbeitswelt

Unzählige Gesichter, Sprachen, Akzente, Kleider und Koffer unterschiedlichen Gewichts. Ein Schwarm von Herzen. Jedes klopft im Takt seiner Träume. Aus einem Lautsprecher ertönen abwechselnd die wichtigsten, wenn nicht imperialistischsten Sprachen der Welt. Die Stimme dringt in die Gehirne, die sie erfassen und umströmt die übrigen. Man hört das Klackern von Schuhen, deren Träger ihre Bürde oder Habe auf dem Fliesenboden abstellen. Roissy Charles de Gaulle ist in seinen Wintermantel gehüllt, wacht auf und breitet schon die Arme aus, wie eine Nutte, die einen reichen Freier empfängt. Hinter seinem Lächeln verbirgt der Flughafen zahllose Schicksale. Die Eingangstür sagt nichts über die Qualität der Wohnung aus.

Ich gelangte in ein Frankreich, das Paris verborgen hält. Straßburg ist eine virile Stadt, deren Kathedralenturm sich steil zum Himmel reckt. Dort überwinterte ich von Januar bis Mai. Aus dem Haus ging ich nur dann, wenn es sich nicht vermeiden ließ. Draußen war alles eintönig.

Zu dieser Jahreszeit machte die Gleichheit ihrem Namen alle Ehre. Niemand entging der winterlichen Verpackung. Mäntel, Handschuhe, Schals und Stiefel schufen während des Winters die künstliche Gattung der Eingemummelten. Die Menschen waren bloß noch Wollknäuel in Industriefarben. Die Hautfarben waren verschleiert. Eines Tages, als ich auf dem Weg zur Universität war, ging eine alte Frau vor mir her, die meiner Großmutter überaus ähnlich sah, wie ich fand. Da ich ihr Gesicht nicht sehen, den Zauber nicht brechen wollte, verzichtete ich darauf, sie zu überholen.

Anmutig ging sie in kurzen, schnellen Schritten den Weg entlang. Während ich ihr folgte, lächelte ich innerlich beim Gedanken daran, meiner Großmutter zu erzählen, ich sei einer Weißen begegnet, die aussah wie sie, oder dieser Elsässerin zu eröffnen, sie gleiche meiner Großmutter, die so schwarz war wie Ebenholz.

Der Sommer hatte lange Monate auf sich warten lassen und sich dann doch eingestellt. Ohne sich im Geringsten zu genieren, enthüllte er nun seine Formen. Selbstgefällig drückte er sich in den schönen Körpern aus und tat bei den unansehnlichsten, als wären sie ihm peinlich. Allen wurde ein organischer Personalausweis verpasst. Mäntel, Schals, Handschuhe und Stiefel waren von der Straße verschwunden. Jetzt zeigte man seine Herkunft, seine Haut. Die einen trugen sie wie eine Trophäe, die anderen wie ein Kreuz.

Mit der meinen verziert, lief ich durch die Stadt und legte mir Argumente zurecht, die die Frau überzeugen sollten, mit der ich verabredet war. Es war 11 Uhr. Ich war auf dem Weg zu einem Vorstellungsgespräch für einen Job als Kindermädchen. Obwohl ich schnell ging, kam es mir doch so vor, als würden die Leute mich anders ansehen als sonst. Auf einmal wollte ich unsichtbar sein. Ich fragte mich, was diese aufdringlichen Blicke sollten, die mich gleichzeitig zu schubsen und zu verhören schienen.

„Wo soll ich mich bloß verstecken?“, fragte ich mich und legte noch einen Schritt zu.

Die Decke, die der Winter diskret über die Stadt gelegt hatte, war zusammen mit den letzten Hagelkörnern unter dem glühenden Blick der Sonne dahingeschmolzen. Körper, Häuser, alles hatte nun sein eigenes Gesicht. Das Gesicht des Menschen ist wie ein Flughafen, wie ein Eingangstor, weist auf das Labyrinth dahinter und hält es doch verborgen. Das Gesicht wird geprägt von Herkunft,

Genen und Kultur. Daher wohl diese seltsamen Blicke. Ganz Afrika mit seinen wirklichen oder imaginären Attributen hatte sich in mich hineingedrängt. Mein Gesicht war zu einem Fenster geworden und Europa glotzte hindurch.

Am Ort meiner Verabredung angelangt, begnügte ich mich damit, meinen Vornamen zu nennen, Afrikanerin wäre ein Pleonasmus gewesen. Jedenfalls hatte sich meine potenzielle Arbeitgeberin zu diesem Thema schon eine Meinung gebildet.

Während mir ihre Tochter die Tür öffnete, schaute Madame gemütlich dasitzend, wie ich auf sie zuging.

„Na, hast du's gefunden?"

„Guten Tag, Madame", grüßte ich sie und gab ihr die Hand.

Ohne mir Zeit für eine Antwort zu lassen, die ihre Frage sowieso nicht verdiente, fuhr sie fort:

„Hab ich mich doch nicht getäuscht. Bei deinem leichten Akzent hatte ich mir am Telefon schon gedacht, dass du Afrikanerin bist; aber das ist ja nett!"

Da nahm ich mich gleich einmal in Acht. Wenn Frauen wie sie in solch näselndem Ton sagen:

„Das ist ja nett", dann bedeutet das: „Das ist ja scheußlich!"

Angesichts meines Schweigens bedeutete sie mir mit einer affektierten Kopfbewegung, ich solle mich setzen.

„Du verstehen können Madame?“

„Ja, Madame“, antwortete ich und verkniff mir ein Lächeln.

Als wollte sie prüfen, ob es auch wirklich stimmte, was ich sagte, fragte sie mich, seit wann ich in Frankreich sei. Die Gesten, die sie dabei machte, spotteten jeder Zeichensprache.

Ihr Getue war dermaßen grotesk, dass sie darin einem schüchternen Clown oder einer tapsigen Tänzerin in nichts nachstand. Dann zeigte sie auf einen Koffer, baute sich vor mir auf, spreizte ihre zehn Wurstfinger, blitzte mich mit den Augen an, als wollte sie mich erleuchten, und fing an, mich zu verhören:

„Du in Frankreich, seit wann?“

Um das törichte Bild zu festigen, das sie sich von mir gemacht hatte, begnügte ich mich damit, den Monat zu nennen.

„Januar, Madame.“

Sie neigte sich etwas zu ihrer Tochter hin, tat als spräche sie nicht über mich, machte ein verächtliches Gesicht und sagte: „Toll! Jetzt sind wir aber schlauer, Kleine.“

Da ging die Haustür auf. Eine Bohnenstange bog sich nach rechts zu ihrem Aktenkoffer hinunter.

„Hallo, meine Lieben!“

Madame und ihre Tochter stürzten auf das lebende Gerippe zu und umarmten es. Das war also der Herr Familienvater. Offensichtlich wollte er die Mittagspause daheim verbringen. Einen Augenblick später traf mich der Strahl seines nervösen Blicks. Madame verkündete:

„Monsieur Dupont, mein Mann.“

„Guten Tag, Monsieur“, sagte ich und stand auf. Noch bevor ich ihm die Hand reichen konnte, eilte er, gefolgt von seiner Frau, die Treppe zum Obergeschoss hinauf. Dann hörte ich, wie sie zu ihm sagte:

„Schatz, es ist wegen der Kinder. Wir brauchen endlich eine Betreuung.“

Bei Madames schweren Schritten ächzte das Parkett über meinem Kopf. Bestimmt hatte sie noch nie von *Slimfast* oder *Weight Watchers* gehört. Die Männer in meiner Heimat bevorzugen die Molligen. Dort würde ihr Gewicht in Goldunzen gemessen, ging es mir durch den Kopf. Wie die Tama-Trommeln das Grollen der Djembe-Trommeln dämpfen, so milderten jetzt die Schritte von Monsieur Dupont den Gang der rundlichen Dame. Plötzlich jaulte seine Kastratenstimme auf:

„Ja und?“

„Ich habe eben mit ihr gesprochen. Das Nötigste scheint sie zu kapieren. Nur hat sie hat keine Ahnung, seit wann sie in Frankreich ist.“

Jetzt wurde die Stimme von Monsieur ein wenig kräftiger:

„Also, ich bitte dich! Was soll DAS denn bringen?“

Mein Blick schweifte durch die amerikanische Küche und blieb plötzlich an einem Paar fetter Fliegen haften, die auf einem Tellerstapel im Spülbecken frivole Sachen trieben. Obwohl es nach 12 Uhr war, dachten die Duponts offenbar nicht ans Mittagessen. Sicher war sonst irgendeine *Marie* zu ihren Diensten. Bestimmt würde Madame gleich ein Fertiggericht aus der Tiefkühltruhe hervorzaubern, hastig eine Pappschachtel aufreißen, die Aluminiumschale herausholen und in die Mikrowelle legen. Diese hätte schnell noch etwas Hitze zu entfachen, und im Nu wäre das Mahl angerichtet. Doch das ging mich nichts an. Ich dachte noch einmal daran, was Monsieur gerade seine Frau gefragt hatte:

„Also ich bitte dich! Was soll DAS denn bringen?"

Das war es also. Man sah mich als ein „Das" an. Ich war weder ich, noch hatte ich einen Namen. Ich war nicht Madame, und ich war nicht Mademoiselle. Ich war *Das*. Ich war nicht mal „die da". Nein, ich war *Das*. Wenn er mich als *Das* bezeichnete, empfand Monsieur womöglich das Gleiche, was mir die Fliegen einflößten, die in der Küche kopulierten.

Nach kurzem Schweigen startete Madame den nächsten Versuch.

„Also, was ist denn nun?", fragte sie ihren Mann.

„Nimm doch eine andere!"

„Aber wen denn?", brüllte sie. „Es ist jetzt zwei Wochen her, dass ich die Annonce geschaltet habe.

Das weißt du ganz genau. Derweil darf ich mich mit den Kindern rumärgern."

Die Duponts waren inzwischen bei ihrem zweiten Sprössling angelangt. Der jüngere von beiden war ein Jahr alt. An jenem Morgen hatte Madame ihn zur Krippe gebracht.

„Du hättest eben das Mädchen von letzter Woche nehmen sollen", sagte Monsieur.

Daraufhin donnerte Madame:

„Weißt du überhaupt, was du da redest? Hast du denn nicht mitbekommen, was die für eine Fresse gezogen hat? Die sah aus wie ein Sträfling, brachte kein Lächeln zuwege und war sauer auf alle Welt. So einem Scheusal überlasse ich doch nicht unsere Kinder."

Bei diesen Worten musste ich nun allerdings lächeln. Ich konnte mir nämlich lebhaft vorstellen, warum dieses Mädchen Madame gegenüber eine Art Totenmaske getragen haben musste, warum ihr nicht zum Lächeln zumute gewesen sein konnte. Auf der Suche nach einem Kindermädchen stellen sich manche Leute an, als wollten sie jemanden für die NASA rekrutieren. Um ihren reizenden blonden Babys den Hintern abzuputzen, braucht es alle möglichen Kompetenzen, am besten noch einen Hochschulabschluss dazu. Gleichzeitig muss man arm genug sein, um sich mit einem Hungerlohn abspeisen zu lassen.

Einige Minuten später setzte Monsieur Dupont noch einmal an:

„Hättest du doch das Mädchen von vorgestern genommen!“ „Jetzt reicht’s aber!“, fauchte Madame, und es war nicht zu überhören. „Die hat doch selbst ein Balg. Obendrein ist sie schon wieder schwanger. Da kann sie doch gar nicht richtig für unsere Kinder da sein. Außerdem frage ich mich, wie sie mit zwei Gören in ihrem winzigen Sozialwohnungsloch überhaupt zurande kommen will. Aber das ist ihr Problem. Daran hätte sie mal denken sollen, bevor sie hirnlos Kinder in die Welt setzt; stattdessen kreuzt sie hier auf, um mir was vorzujammern. Ich stell die doch nicht ein, damit sie die Sachen unserer Kinder klaut und ihre sich dann drüber freuen.“

Das Schweigen im Anschluss an diese Tirade sagte mir, dass Monsieur dazu nichts mehr einfiel. Es blieb ihm nichts anderes übrig, als sich zu wiederholen:

„Jetzt sag nicht, dass…, aber Geraldine, was soll das denn bringen?“

„Hör zu, Jean-Charles“, brüllte sie. „Morgen fährst du eine ganze Woche auf Dienstreise. Und was mach ich inzwischen? Ich geh schließlich auch arbeiten. Außerdem sind diese Leute fleißiger und folgsamer als die Zicken von hierzulande. Denk an die vom letzten Jahr! Die hat uns vor den Kadi gezerrt, um uns Geld abzuknöpfen. Mit der hier haben wir immerhin unsere Ruhe. Die nehm ich. Meine Freundin Anita hat doch auch so eine. Die gehorcht aufs Wort. Die macht alles im Haus.“

Daher wehte der Wind. Für Madame Dupont war afrikanisch ein Synonym für ahnungslos und kriecherisch. Jetzt weiß Monsieur, was *Das* bringt: ein Mädchen für alles. In diesem Land haben sogar die Berufe Gesichter, dachte ich mir. Besonders die härtesten, die mit den niedrigsten Löhnen. Hört man irgendwo einen Presslufthammer, braucht man sich ja nicht extra umzudrehen, denn meist wird er von einem Schwarzen oder einem Araber bedient, jedenfalls von einem Ausländer. Staubsaugergeräusche weisen fast immer auf die Gegenwart einer Afrikanerin, Portugiesin oder Asiatin hin. Und für Madames Zwecke hatte ich eben das passende Gesicht. Dank meiner Arbeitskraft wollte sie zwei Fliegen mit einer Klappe schlagen. Da sie glaubte, schwarz wäre gleichbedeutend mit unwissend, spekulierte sie auf eine Angestellte, die kaum um ihre Rechte wusste, leicht zu manipulieren und auszubeuten war. Dabei konnte sie auf den latenten Rassismus ihres Gatten bauen, denn die Kleine durfte schließlich nicht zur Rivalin werden.

Als Madame die Treppe zum Wohnzimmer herunterkam, schwirrten die beiden Fliegen um mich herum. Es war fast 13 Uhr. Die Dame lächelte mir mechanisch zu und sagte:

„Du anfangen morgen früh, die Woche dreißig Stunden, Mindestlohn, Haushaltsschecks. Du dreißig Minuten früher kommen, Madame dir zeigen Arbeit."

„Ja, Madame", sagte ich, gab ihr die Hand und ging.

Am nächsten Morgen fand ich mich um 7.30 Uhr bei den Duponts ein. Nach einem knappen Gruß sagte mir Madame, worin die Arbeit bestand. Den Schulweg würde mir ihre Tochter erklären. Ehe Madame zur Arbeit ging, heftete sie noch farbige Klebezettel an Uhr und Nuckelflasche, damit ihr *afrikanisches Kindermädchen* auch genau wusste, wann fürs Baby die nächste Mahlzeit anstand.

Während die Tage ins Land gingen, sah ich Madame früh am Morgen und spät am Abend. Morgens hatte sie neben den Anweisungen, die die Kinder betrafen, allenfalls Zeit für weitergehende Anordnungen:

„Du bügeln für Madame."

An einem anderen Tag hieß es:

„Du staubsaugen."

Oder:

„Du Fliesen putzen", und so weiter.

Morgens sagte ich stets:

„Ja, Madame."

Und wenn sie abends nach Hause kam:

„Guten Abend, auf Wiedersehen, Madame."

Eines Abends sagte sie zu mir:

„Mademoiselle, meine Tochter nicht zufrieden. Du spielen mit ihr."

Obwohl ich ihr immer wieder zulächelte und mich diplomatisch um sie bemühte, war die Kleine mir gegenüber tatsächlich etwas zugeknöpft. Wenn ich ihr das Mittagessen aufs Zimmer bringen wollte, ließ sie mich nicht hinein. Niemand ist unausstehlicher als die Kinder reicher Eltern. Vor allem, wenn man ihnen eingetrichtert hat, sämtliche Völker der Welt außer dem eigenen wären primitiv. Ich war angewiesen auf diesen Job, denn mein Gesicht stieß bei den Arbeitgebern oft auf Ablehnung. Daher machte ich es mir zur Aufgabe, das Mädchen zufriedenzustellen und tat, was man von mir erwartete. Mit allerlei Faxen sollte ich mir Mademoiselle Duponts Gunst erwerben. Eine Woche später war ich dann auch ihr *afrikanisches Kindermädchen.* Allen ihren Schulkameraden habe sie von mir erzählt, verriet sie mir. Eines Tages fragte sie mich beim Essen:

„Warum bist du schwarz?"

„Weil ich zu viel Schokolade esse."

Sie sah mich an und grinste über beide Ohren. Offensichtlich hatte sie meine Antwort nicht überzeugt. Doch ich sagte nichts weiter dazu, sondern stellte mir vor, wie ihre Mutter davon erfahren und mich daraufhin für noch dümmer halten würde, als sie ursprünglich geglaubt hatte.

Wie ein unsteter Liebhaber ging der Sommer fort, kam zurück, ging fort und kam abermals zurück, als wollte er sich immer wieder dessen vergewissern, was er zurückgelassen hatte. Ich war noch immer bei den Duponts, wechselte Windeln, puderte kleine rosige Pobacken, machte vier Mal am Tag den Weg von der Uni und zurück, schob einen Kinderwagen durch die Gegend, in dem ein blondes Baby lag, das ich nicht einmal für meines ausgeben konnte, saugte Staub, bügelte, putzte die Fliesen im ganzen Haus und verfluchte die Kackspuren, die die Duponts im Toilettenbecken hinterließen, wo es nicht gerade nach Rosen duftete. Das alles für einen Kindermädchenlohn.

Madame war mit mir zufrieden. Eines Tages schenkte sie mir ein Kleid, das ihr zu eng geworden war. Dabei gefiel es mir gar nicht, denn es war hässlich und stammte mindestens aus den Siebzigern. Madame wollte wohl die englische Königin imitieren. Ihre Frisur jedenfalls glich einem Eisbergsalat. Madame sah immer gleich aus und kleidete sich wie eine Vogelscheuche. Wenn die es tatsächlich mal geschafft hat, ihren Mann in Wallung zu bringen, muss es Männer geben, die Mutter Teresa sexy finden, dachte ich mir so, während ich sie ansah. Der Höflichkeit halber nahm ich das Kleid an, schaffte es mir einige Zeit später bei der jährlichen Kleidersammlung aber vom Hals. Man kann zwar ein Hausmädchen kaufen, aber Geschmack eben nicht. Besten Dank, Madame.

Madame Dupont meinte, die Intellektuelle spielen zu müssen und legte es darauf an, mich zu zivilisieren. Als meine Arbeitgeber einmal früher als sonst heimgekommen waren, bat mich ihre Tochter, eine Videokassette einzulegen. Sie wollte unbedingt Aschenputtel sehen, dem wir es zu verdanken haben, dass ganze Generationen von Frauen Komplexe wegen ihrer Füße entwickeln sollten. Ich hütete mich allerdings, den Videorekorder einzuschalten, denn als mir beim Putzen einmal eine Vase zerbrochen war, hatte mir Madame dafür glatt 500 Francs vom Kindermädchenlohn abgezogen. Und das für gebrannten Ton! Obwohl Mademoiselle nicht lockerließ, weigerte ich mich, das Gerät auch nur anzurühren. Da fragte mich Madame:

„Du wissen, wie Videorekorder einschalten?"

„Nein, Madame", antwortete ich.

Daraufhin sah sie mich halb mütterlich, halb geringschätzig an und fragte:

„Du Kopf haben für überlegen?"

Sie musterte mich wieder, wandte sich frohlockend ihrem Gatten zu und rief:

„‚Cogitum sum' – ‚Ich bin gedacht', wie Descartes sagen würde."

Das war ein Wink des heimlichen Einverständnisses an die Adresse ihres Mannes. Offensichtlich wollte sie mich aus dem Gespräch heraushalten, das sie gerade begonnen hatte. Mit diesem Affront aber war sie endgültig zu weit gegangen. Noch dazu war das Erbe von Descartes in Gefahr. Zwar konnte ich sie nicht davon abhalten, sich auf meine Kosten aufzuplustern. Doch wenn schon, dann musste sie es richtig anstellen.

Also entgegnete ich:

„Nein, Madame, bei Descartes heißt es: ‚Cogito, ergo sum'. Das bedeutet: ‚Ich denke, also bin ich'. So steht es geschrieben im *Discours de la méthode*."

Madame ließ die Videokassette fallen und Monsieur stockte die Hand, die gerade einen Keks zum Mund führen sollte. Ich hatte zum ersten Mal in ihrer Gegenwart einen ganzen Satz gesagt. Als Monsieur sich wieder gefasst hatte, giftete er mich an:

„Sag mal, für wen hältst du dich eigentlich, Geraldine hier so über den Mund zu fahren? Begreifst du nicht? Wir sind anders als du! Meine Frau hat Abitur gemacht, bevor sie anfing zu arbeiten, und was mich betrifft: Ich bin Akademiker. Ich habe studiert!"

Ich sagte kein Wort, aber mein stilles Lächeln fuhr wie ein Messer durch das Fleisch von Monsieur Dupont. Anders als Monsieur gab sich Madame auf einmal zurückhaltend und sagte zu mir:

„Du machst doch bald Abitur, nicht wahr?"

„Nein, Madame", antwortete ich. „Ich habe vor zwei Monaten mein Vordiplom in Literaturwissenschaft gemacht. Kakaomädchen besuchen heutzutage die Universität, Madame."

Innerlich fuhr ich fort: Da verschlägt es Ihnen die Sprache, was?!

Wie bei meinem Vorstellungsgespräch lief

Monsieur Dupont nun die Treppe hinauf. Ich hätte wetten können, er fragte sich auch diesmal wieder:

„Was soll das denn bringen?!"

Diesmal allerdings aus ganz anderen Gründen. Während Madame ihm nachfolgte, wartete das arme Mädchen vor dem Videorekorder noch immer auf Aschenputtel. Wie ihre Mutter würde auch sie irgendwann einsehen, dass es den Märchenprinzen nicht gibt und dass Aschenputtel mit seinen Füßchen nicht alles zertrampelt, was ihm in die Quere kommt. Ich sagte der Kleinen, die gerade einen Bock hatte, Auf Wiedersehen, warf den Duponts vom Fuße der Treppe aus schwungvoll ein „Schönen Abend!" zu und schloss die Tür hinter mir. Nach einem geruhsamen Wochenende erschien ich am Montagmorgen erst um 8 Uhr bei den Duponts. Ich hatte beschlossen, um die halbe Stunde später zu kommen, die sie mir zwei Jahre lang nicht bezahlt hatten.

„Guten Morgen, Madame", grüßte ich sie.

„Guten Morgen. Ich habe schon auf Sie gewartet. Die Kleine muss zur Schule. Wenn ich sie bringe, komme ich zu spät zur Arbeit. Könnten Sie nicht wieder eine halbe Stunde früher kommen? Ich bezahle sie Ihnen auch."

„Einverstanden", antwortete ich.

Ich konnte es kaum glauben. Die Dame verhielt sich plötzlich höflich. Gleich bei unserer ersten Begegnung hatte sie mich ohne zu fragen geduzt;

jetzt zeigte sie sich auf einmal um Anstand bemüht. Die Woche über war es kalt. Die Zeit verging und mit ihr das Unbehagen, der Groll. Einige Monate später gab ich Madame Dupont ohne Bezahlung hin und wieder ein paar Grammatikstunden, denn sie hatte sich beworben und bereitete sich auf einen Auswahltest vor. Nun behandelte sich mich nicht mehr wie ein Kakaomädchen. Wir duzten uns, nannten uns beim Vornamen. Auch Jean-Charles ließ sich darauf ein. Manchmal aßen wir sogar zusammen. Die senegalesische Küche schien es ihnen angetan zu haben. Und wenn sie über Schwarze redeten, sagten sie nicht mehr „diese Leute", sondern „die Afrikaner".

Blieb nur noch ein Problem: Jean-Charles, der inzwischen wusste, dass ich Descartes gelesen hatte, fand nun offensichtlich, dass auch ein straffer Schokoladenhintern seinen Reiz hatte.

„Eingeborne zuerst!“

Der Minister, Monsieur Passkua, hatte eine Vorschrift erlassen, doch es schien, als habe er damit nichts zu tun. Sie besagte: Wer mit einem Franzosen oder einer Französin verheiratet ist, muss erstmal zwei Jahre lang bumsen. Erst danach ist man reif fürs französische Flair, das heißt für die Staatsbürgerschaft. Je elastischer die Gebärmutter, desto besser die Chancen der afrikanischen Frauen auf Einbürgerung. Die original französischen Föten in ihrem Bauch scheren sich nicht ums Prinzip „Eingeborne zuerst!“ Doch der Minister war durchaus nicht so dumm, wie man hätte meinen können. Indem er das Einbürgerungsdatum auf zwei Jahre nach der Hochzeit hinausgeschoben hatte, spekulierte er auf den flatterhaften Charakter seiner Landsleute und den Rassismus der netten Familie von nebenan. Binationale Paare sollten gebrochen werden, noch bevor sie das schicksalhafte Datum erreichten. Als Ex-Frau eines Franzosen ist die Ausländerin nur noch ein exotisches Ex-Objekt. Wie jedes Objekt hat sie keinerlei Rechte. Nicht einmal das, richtig für ihren Lebensunterhalt zu sorgen. Auf sich allein gestellt, versucht sie zu überleben. Um des guten Gewissens willen überhäuft man sie bei der Behörde mit Adressen, von denen die einen so nutzlos sind wie die anderen. Ständig wird ihr gesagt: „Ja, aber diese Leistung steht Ihnen nicht zu. Sie sind schließlich nicht im Besitz der französischen Staatsbürgerschaft. Gehen Sie zu Abteilung XY."

Da wurde mir bewusst, dass es in diesem Land zwar einen Tierschutzverein gibt, der sich um ausgesetzte Viecher kümmert, nichts Vergleichbares allerdings für Ausländerinnen, die von einem Franzosen der Not überlassen wurden. Während man mir die Staatsbürgerschaft verweigerte, war meine senegalesische Katze im Besitz französischer Papiere. Vielleicht hatte das ja mit ihrer roten Fellfarbe zu tun, wer weiß?

Doch zurück zum Prinzip „Eingeborne zuerst!" Der Wagen Poseidons wird von Seepferdchen gezogen; der große Stamm des Affenbrotbaums ruht auf dünnen Wurzeln. Die Gesetze der Großen gewinnen nur deshalb an Bedeutung, weil die Kleinen ihnen brav gehorchen. Termiten bringen bisweilen Mahagonibäume zu Fall. Die Größe eines Ameisenhaufens hängt von der Anzahl der kleinen Arbeiterinnen ab. Und was wäre ein Königshof ohne Knechte? Wären da nicht die kleinen Arbeitgeber, das Prinzip „Eingeborne zuerst!" stünde auf tönernen Füßen.

Ich war auf der Suche nach einem Job und las gerade in einer Straßburger Anzeigenzeitung. Da stieß ich auf eine Annonce: „Große Bäckerei, Stadtzentrum, Verkäuferin gesucht, Dialekt erwünscht, im Geschäft vorsprechen."

Ich notierte die Adresse, rief am Abend eine französische Freundin an und erzählte ihr von der Sache.

„Sag mal, bei dir piept's wohl?", legte sie los. „Such dir bloß was anderes! Wir sind doch schon im Hauptstudium. Ich bin bald Lehrerin. Du wirst dich doch nicht damit rumärgern, Brötchen zu verkaufen!"

„Ich würde ja gern was anderes machen, Süße", gab ich ihr zur Antwort. „Mein Vordiplom stammt zwar aus Frankreich, mein Kopf aber gilt immer noch als fremd. Der hat faktisch Berufsverbot. Derweil will fürs täglich Brot gesorgt sein. Bei der Bäckerei bin ich da an der richtigen Adresse. Da werde ich immerhin nicht verhungern."

„Ach, das ist doch lächerlich! Du findest bestimmt was Besseres. Irgendwas machst du falsch."

Dieses Argument hörte ich nun zum hundertsten Mal. Meinen französischen Freunden war überhaupt nicht bewusst, was ich erlebte. Deswegen hielten sie mich für paranoid. Ich nahm es ihnen nicht übel. Mit einer Nase wie der von Kleopatra und einer Haut wie der von Anna von Österreich fühlt sich der französische Rassismus eben anders an, als mit der Haut von Mohammed.

Am Morgen darauf ging ich zu der Bäckerei. Außer den Schokoladentorten und einigen zu stark gebackenen Baguettes war alles weiß. Die Männer hießen Pierre, Paul, Joseph und Martin. Das weibliche Geschlecht wurde von Gertrude, Josiane und Jacqueline vertreten. Nichts zu sehen von Aischa und Mohammed.

Der Chef sprach Elsässisch, trug ein Hitlerbärtchen und einen Hut mit einer Banderole in den Farben Frankreichs auf dem Kopf. Die Art, in der er mich musterte, sagte mir, dass die Würfel schon gefallen waren. Monsieur mochte offensichtlich keine wandelnde Schokolade. Ich rang mich zu einem Lächeln durch und sagte zu ihm:

„Guten Tag, ich komme wegen der Stellenanzeige."

Er schüttelte den Kopf, ganz als wollte er sagen: „Nicht noch so eine, die unseren Kindern ans Brot will!" Um dies zu verhindern, hatte er sich eine Methode ausgesucht, die hinterlistiger nicht sein konnte.

„Jo, jo, schwätzt du denn's bizzeli El-säs-sisch?" In der Anzeige stand ja tatsächlich: „Dialekt erwünscht". Den konnte ich auch vorweisen, allerdings meinen, nicht seinen. Ich hatte geglaubt, Franzosen würden mindestens so gut Französisch sprechen wie diejenigen, die einst von ihnen kolonisiert worden waren. Doch in sprachlicher Hinsicht war ich französischer als ein Landsmann von Victor Hugo. Als wäre das nicht genug, verlangte der Bäcker von mir, ich solle zwischen Kunden und Geschäft eine elsässische Brücke bauen. Da gab ich ihm die Antwort, die er erwartete und erhoffte:

„Nein, Monsieur."

Obwohl ich erst seit zwei Jahren Gugelhupf aß, forderte er doch tatsächlich von mir, ich solle schon dieselbe Sprache sprechen wie er. Während mir dies durch den Kopf ging, las ich die Ablehnung in seinen Augen, deren Farbe undefinierbar war. Als wollte er im selben Atemzug seine Absage rechtfertigen und mich demütigen, fragte er mich:

„Àwer warum schaffe Sie denn nit dehem?"

Dieses „Sie" hatte nichts mit Höflichkeit zu tun, denn zuvor hatte er mich ja geduzt, eher mit einer Tüte, genauer gesagt einer Mülltüte. In die stopfte er alle Ausländer rein, die er noch lieber in den Rhein geschmissen hätte. Deswegen hatte ich das Recht, ja die Pflicht, unhöflich zu werden. Ich explodierte innerlich: „Du solltest mich fragen, wie es so weit kommen konnte, dass ich sogar nach deinem Drecksjob lechze. Zwei Jahre lang hat meine Vagina einem Schwanz wie deinem die Ehre erwiesen, einem französischen Glied mit Gummiüberzug, das mir nichts als Schamläuse hinterlassen hat. Hätte sich auch nur ein einziges seiner Spermien in meine Gebärmutter verirrt, die Familienkasse hätte einen Grund gehabt, um für meinen Lebensunterhalt zu sorgen, oder vielmehr um ein Kind mit französischen Genen zu ernähren. Für mich wären da schon noch ein paar Überlebenskrümel übrig geblieben. Doch es ist anders gekommen. Meine Gefühle haben mich ins Exil getrieben, und das Prinzip ‚Eingeborne zuerst!', dem auch meine Schwiegereltern frönten, hat über meine Freiheitsträume die Oberhand gewonnen. Wiedersehen Monsieur. Ihr habt unsere Böden ausgelaugt. Ihr habt uns aus Eigennutz Erdnüsse und Zuckerrohr anbauen lassen. Ihr habt unsere Phosphat- und Aluminium- und Goldvorräte geplündert. Ihr habt euch auf unsere Kosten bereichert. Zur Krönung des Ganzen habt ihr meine Landsleute zu senegalesischen Infanteristen gemacht, zu Kanonenfutter für einen Krieg, der nicht der ihrige war. Ihr habt sie töten lassen. Im Namen der Freiheit! Auf ihrem eigenen Boden habt ihr sie ihnen verweigert, die Freiheit. Der Krieg hat auf weißem Boden gewütet. Dort ruht das Auge meines Großvaters. Ein Granatsplitter hat es ihm geraubt. Dieses Auge,

Monsieur, es ist noch immer da. Es sieht euch an, spiegelt eure damaligen Scheußlichkeiten, schaut, was ihr mit den Unsrigen macht, die gekommen sind, es zu holen. Was mich hergeführt hat, war der Blutgeruch der Meinen. Diese hatten ihre fruchtbaren Frauen zurückgelassen und wurden trotz ihrer Tapferkeit in Dünger für eure hochmütige Erde verwandelt. Ich bin gekommen, weil ich die Melodien des Krieges hören konnte, die den vielen Kreuzen Verduns entströmen und bis nach Afrika dringen. Ich bin gekommen, der Wahrheit Genüge zu tun. Ihr habt mir das Lied „Unsere Vorfahren, die Gallier" beigebracht. Doch ich begriff, dass die Wahrheit anders klingt. Ich will Ihren Kindern das Lied „Unsere Stützen, die senegalesischen Infanteristen" beibringen. Frankreich gleicht einem Kornspeicher auf Pfählen und manche von ihnen sind afrikanischen Ursprungs."

Ich hatte noch immer keinen Job, glaubte aber nach wie vor, das Auge meines Großvaters würde mir auf meinem Weg in Europa schon leuchten. Bringt man ihnen materielle Opfer dar, versprechen einem die Götter Afrikas schließlich ewigen Schutz, den Versehrten wie ihren Nachfahren. Warum sollten sich die Götter Europas da nicht ähnlich großmütig zeigen? Drei Tage später griff ich wieder zur Anzeigenzeitung. Da fiel mir eine andere Annonce auf: „Suche Student(in) für Nachhilfe,

Vordiplom erforderlich, Terminabsprache unter 03 – 88…, nach 19 Uhr."

Ich schrieb die Nummer auf, erzählte meiner Freundin diesmal aber nichts davon. Sie hätte mich gefragt, wie das Treffen mit dem Bäcker gelaufen war und mir nicht geglaubt. Vielmehr hätte sie wieder barsch zu mir gesagt: „Du bist wohl paranoid? Der ist doch kein Rassist, höchstens ein bisschen grob."

Um 19.10 Uhr klingelte bei der Person, die die Anzeige geschaltet hatte, das Telefon. Es war eine Frau. Sie sagte mir, sie sei Kassiererin in einem großen Straßburger Supermarkt. Sie suche eine Nachhilfe für ihre Tochter, die in die sechste Klasse gehe. Wir vereinbarten ein Treffen für den folgenden Nachmittag, einigten uns auf ein Café im Stadtzentrum.

Da zum Anforderungsprofil auch ein Vordiplom gehörte, hatte ich zunächst angenommen, die Schülerin würde sich auf die Abiturprüfungen vorbereiten. Doch ich stimmte dem Treffen trotzdem zu. Irgendwie muss man sich eben über Wasser halten, mochte nun Job oder Jupiter den Lohn zahlen.

Als ich ankam, war das Café schon recht voll. Doch Madame hatte mir gesagt, sie werde einen weißen Pullover mit blauen Streifen tragen. So musste ich sie nicht lange suchen. Obendrein hatte sie sich die Lippen blutrot geschminkt. Da hätte sie sich gleich in die Trikolore wickeln können. Ich stellte mich vor und zeigte ihr das obligatorische Vordiplom. Ich hatte dieses Produkt meines Hirns in einem verschlossenen Umschlag mitgebracht. Dann kam auch schon der Kellner herbei. Der war sich seiner Rolle im Kapitalismus bewusst, blickte freundlich drein und fragte:

„Sie wünschen, Madame?“

Ich bestellte irgendeinen Saft und dachte mir: Wenn's ans Abkassieren geht, heißt es komischerweise nicht „Eingeborne zuerst!“ Einen Augenblick später brachte der Kellner den Saft.

Mein Gegenüber besah sich mein Zeugnis, gab es mir dann zurück und sagte:

„Ich will eine Person europäischen Typs.“ Madame hob das Kinn, das so spitz war wie eine Maurerkelle, und fuhr fort: „Ich will nicht, dass man mir die Erziehung meines Kindes kaputt macht.“

Madame war Französin. Daran bestand kein Zweifel. Doch sie hatte weder Abitur, noch sah sie sich dazu in der Lage, ihrer Tochter bei den Hausaufgaben zu helfen. Wegen der Farbe meiner Lippen, die in der Sprache Vaugelas gewiss besser psalmodieren würden als die ihrigen, verweigerte mir Madame den Job. Da kippte ich innerlich den Saft über meine Wut, stand auf und sagte zu ihr:

„Wiedersehen, Madame. Wenn Sie das Gleiche im Kopf hätten wie ich, würden Sie nicht im Supermarkt an der Kasse sitzen.“

Da brüllte sie: „Kommen Sie zurück und bezahlen Sie gefälligst Ihren Saft!“

„Nein“, erwiderte ich und schnitt ihr eine Grimasse. „Sie haben die Ehre, Madame. Das ist für die Anfahrtskosten. Als gute Kassiererin wissen Sie schließlich, dass alles seinen Preis hat, sogar die Dienste der People of Colour, wie man hier sagt.“

Damit wandte ich mich eher gegen den Minister in ihr als gegen den Stuss, den sie erzählte. Der war bloß Ausdruck ihres begrenzten Horizonts. Letztlich ist es die Beschränktheit der Großen, die die Kleinen verdummt. Ist der Führende blind, versinken auch die Geführten in Finsternis. Bei diesem Gedanken hörte ich die Kassiererin krakeelen:

„Geh zurück in deinen Wald!“

Seltsam, wie begrenzt doch das Vokabular der Rassisten ist. Das mag an ihrem chronischen Wissensmangel liegen. Jedenfalls hat meine Ex-Schwiegermutter mir gegenüber einmal den gleichen Satz abgelassen. Noch bevor ich hätte heimkehren können, hatte sie ihren Sohn wieder unter ihre Fittiche genommen.

„Sie sollten mitkommen und die frische Waldluft genießen“, konterte ich. „Die ist ein richtiger Jungbrunnen. Danach brauchen Sie jedenfalls keine Schönheitsoperation mehr.“

Dann klappte sie ihr scharlachfarbenes Portemonnaie zu. Den schlaffen Hintern platt auf den Stuhl gedrückt, brabbelte sie etwas vor sich hin. Plötzlich war sie knallrot im Gesicht. Innerlich dankte ich Gott, dass er mir nie den Stempel der Verlegenheit oder den der Wut würde aufdrücken können. Wenigstens meine Haut behielt stets ihre Würde.

Als ich das Café verlassen wollte, zwinkerte mir ein Mann mittleren Alters zu und deutete auf einen freien Platz ihm gegenüber. Bevor ich verschwand, lächelte ich ihm flüchtig zu und dachte mir: Noch so ein vereinsamter Junggeselle. Womöglich sehnt er sich nach der Familie, die er nicht zustande gebracht hat, weil er sich immer nur selbst liebte bei den wenigen Lustseufzern und den vielen Tränen der Frauen, die er vielleicht mal gehabt hat. Nein, ich setze mich nicht zu ihm. Womöglich ist er einer dieser alten Säcke, die ihre Mutter zu sehr lieben oder hassen, um eine andere Frau glücklich zu machen. Nein, ich setze mich nicht zu ihm. Womöglich würde er sich genau so benehmen wie dieser Herr damals, der die Schwarze zwar gern im Bett hatte, sich aber schämte, mit ihr auf der Straße Hand in Hand zu gehen. Dieser Herr hatte von mir verlangt, ich solle eine Etage höher, im Treppenhaus, eine Runde Däumchen drehen, wenn seine Mutter unangekündigt bei ihm an der Haustür klingelte. Geh mit Gott, aber geh!

Beim Weggehen zog ich mechanisch meine Aufenthaltserlaubnis aus der Tasche. Auf der Rückseite war zwischen meinem Ankunftsdatum und meiner Adresse in Großbuchstaben vermerkt: JEGLICHER BERUF IN KONTINENTAL-FRANKREICH IM RAHMEN DER GELTENDEN GESETZGEBUNG. Hübsche Täuschung, dachte ich mir. Ich würde ergänzen: DER OFFIZIELLEN UND INOFFIZIELLEN.

Am Abend rief ich eine Studienfreundin an, eine Blondine, deren Haar leicht silbern schimmerte, eine echte Weiße von korrekter Herkunft. Sie war im vierten Studienjahr und suchte gerade selbst einen Job. So gab ich ihr die Telefonnummer der Kassiererin. Am nächsten Abend klang es mit fröhlicher Stimme aus meinem Anrufbeantworter:

„…danke für den Tipp. Ich habe heute Morgen bei der Frau angefangen. Eine Nachbarin von ihr sucht übrigens eine Putzfrau, falls dich das interessiert."

Kunigunde in der Bibliothek

„Pangloss lehrte die Metaphysiko-theologico-nigologie. Er bewies aufs Bewundernswerteste, dass es keine Wirkung ohne Ursache gäbe; und in dieser besten aller möglichen Welten (…), ist es erwiesen', sagte er, dass die Dinge nicht anders sein können, denn da alles zu einem Zwecke erschaffen worden ist, geschah es notwendigerweise zu einem besten Zwecke. Beachtet wohl, dass die Nasen zum Tragen von Brillen erschaffen wurden, und so haben wir denn auch Brillen! Füße sind augenscheinlich zum Tragen von Schuhen gedacht, und wir haben Schuhe! (…) Weil die Münder zum Essen von Schwein erschaffen wurden, essen wir eben auch das ganze Jahr über Schwein. Aus alldem geht hervor, dass jene, die behauptet haben, alles sei gut, eine Dummheit sagten. Sie hätten sagen müssen, alles sei zum

Besten. (...) Persönliches Unglück bildet das allgemeine Glück, sodass alles umso besser steht, je mehr persönliches Unglück es gibt."'

Voltaire

Als Putzfrau bei Familie Schlimm beschäftigte ich meinen Kopf damit, Professor Pangloss' These nachzugehen. Im Grunde genommen hatte der Mann nicht unrecht. In der Welt der Schlimms sorgte mein persönliches Unglück für das Wohl einer ganzen Familie. Wienern, immer wieder wienern. Monate brachte ich obendrein damit zu, Kakerlaken auszuquartieren. Putztuch und Besen für einen vollen Teller. Putztuch und Besen für eine pünktliche Miete. Ein Lohn, der fürs Überlebensnötigste gerade gut genug war. So stopften die Schlimms ihren Dreck in meine Ehre. Mittwochs und freitags: Putzen bei den Schlimms. Es kam mir so vor, als wäre ich in der schlimmsten aller möglichen Welten. Monsieur Schlimm hingegen wähnte sich in *Thunder-ten-tronckh*, in der besten aller möglichen Welten.

Monsieur trank seinen Kaffee jeden Morgen im Stehen vor dem Wohnzimmertisch, auf den seine Frau das Frühstück zu stellen pflegte. In der linken Hand hielt er die Tasse, mit der rechten kritzelte er noch ein paar hastig ausgerechnete Zahlen auf einen Zettel. Dann ging er ins Büro. Monsieur war Buchhalter, und sein Taschenrechner war ein

Fortsatz seines Hirns. Bei den Schlimms angekommen, ließ mich stets Madame zur Tür hinein. Sie legte Wert darauf, dass das Wohnzimmer zuerst gesäubert wurde. In Gesellschaft seines Taschenrechners trank Monsieur den Kaffee dann in der Küche aus. Sobald die Wohnungstür aufging, fragte er jedes Mal seine Frau:

„Ist es Kunigunde?"

Anfangs hatte er sich nicht so recht getraut. Später legte er dann richtig los, nahm sich bisweilen Kommentare heraus, die seine Frau zum Lachen bringen sollten. Das ging immer so weiter, zumal ich so tat, als verstünde ich nicht recht. Dabei hätte ich entgegnen können:

Nein, Monsieur, ich bin nicht Kunigunde. Kunigunde spülte am Ufer des Marmarameers die Schüsseln eines Fürsten. Der hatte zwar nicht viel Geschirr, doch ganz bestimmt mehr als sie. Kunigunde war Sklavin eines früheren Regenten mit Namen Ragotski. Nun mag ich Ihre Sklavin sein, aber mit dem Adel haben Sie nichts zu tun. Nein, Monsieur, Sie sind kein Fürst, und Ihre Wohnung ist nicht mein Eldorado. Hier gibt's kein Gold, um damit Straßen zu pflastern, und die Dinge, die ich mir vom Lohn kaufen kann, den Sie mir zahlen, sind längst nicht so zahlreich wie die Milben, die ich hier schlucken muss. Wie Sie nicht wissen, esse ich gern Croissants. Doch seit Kurzem verzichte ich lieber, denn ihre Form lässt mich an den Spermafleck denken, den wohl der Hintern ihrer Gattin aufs Bettlaken geprägt hat. Nein, Monsieur, ich bin nicht Kunigunde, die furchtbar hässlich wurde und es nicht geschafft hätte, das sicher ziemlich kurze Ding zwischen Ihren Beinen zu erwecken. Dieses Ding, das Ihre Hose wölbt, wenn Ihren Augen – des Brettes überdrüssig, welches Ihnen als Gattin herhält – nur noch mein Hintern und mein Ausschnitt bleiben, um ins Leben einzutauchen. Nein, Monsieur, Sie leben nicht in der besten aller möglichen Welten. Ihre Nase taugt für keine Intellektuellenbrille, sie taugt nicht für Ihr Lorgnon, sondern bestenfalls dafür, mir meine Portion Sauerstoff zu rauben. Ihr Mund wurde nicht erschaffen, um das Fleisch vom Schwein zu essen, mit dem Sie eine gewisse Ähnlichkeit haben, sondern um den gähnenden Abgrund der Unwissenheit zu offenbaren, den die Menschheit niemals wird füllen können.

All das hätte ich Monsieur Schlimm ja gern gesagt. Aber ich behielt es für mich. Was wollen Sie? Wenn Hunger und Würde in uns miteinander ringen und sich als gleich stark erweisen, neutralisieren sie sich letztlich gegenseitig. Jedes Widerwort hätte mich um mein Privileg gebracht, das Wandkarree der Schlimms zu polieren. Eine Stunde weniger putzen wäre gleichbedeutend gewesen mit einem Steak, einem Stück Seife, einem Brot oder einem Buch weniger. Ich musste Monsieur Schlimm ertragen, musste ihm zuhören, wenn er Voltaire verhunzte. Ich konnte unmöglich auf die kümmerliche Summe verzichten, die er mir zahlte und mit der ich mir Werke kaufte, die er nie lesen würde. Ich hüllte mich in Schweigen, ließ Monsieur und Madame über mich lachen, wenn er mich Kunigunde nannte. In der Welt der Schufterei, wo das tägliche Brot nicht von einem selbst abhängt, ist man immer irgendwie Nutte. Das Verhältnis zwischen Arbeitgeber und Arbeitnehmer ist keins von Mensch zu Mensch, sondern eins von Brot zu Bauch. Wenn in dieser besten aller Arbeitswelten die Angestellte rülpst, heißt es, es stinkt; wenn die Arbeitgeberin furzt, wird gesagt, es duftet nach Lavendel. Bei den Schlimms stand für mich alles zum Besten. Zumindest wusste ich, warum ich zu ihnen ging und warum ich den Mund hielt. Darauf kam es an. Es stand alles zum Besten mit meinem Gewissen, denn ich leistete gute Arbeit. Manchmal sagte Madame zu mir:

„Meine Freundinnen finden, es ist immer so schön sauber und ordentlich bei uns. Du bist eine gute Putzfrau. Prima!"

Ich antwortete mit einem Lächeln, das bedeutete: Du kannst mich mal.

Aber Achtung! Alle, die behaupten, ich würde meine Arbeitgeber hassen, werden mich noch kennenlernen! Ich schnapp mir ne Keule und brech euch die Gräten! Der Alexandriner von Racine „Ich mag deine Person und hasse deine Verfehlung“ scheint es mir da besser zu treffen. Ich hasste meine Arbeitgeber keineswegs, war ihnen sogar irgendwie dankbar dafür, überhaupt Arbeit zu haben. Um meinen Lohn auch zu verdienen, verwandte ich meine Sorgfalt für ihren Saustall. Was mich empörte, war dieses Putzfrauenklischee. Sie konnten sich schlicht nicht vorstellen, dass es in meinem Leben noch etwas anderes gab als Putzlappen und Besen. Eines Mittwochmorgens bedrängte mich Madame mit folgenden Worten:

„Beeil dich. Mach noch schnell das Wohnzimmer. Um 9 Uhr kommt die Studentin, die meinem Kind Nachhilfe gibt. Dann muss alles picobello sein. Räum die Pantoffeln von meinem Mann weg. Stell sie in den Schuhschrank. Mach meine Schlafzimmertür zu. Ich geh noch schnell duschen.“

Dazu muss man wissen, dass Madame mich stets in Pyjama und großen Filzpantoffeln, mit zerzausten Haaren, Ringen unter den Augen und manchmal sogar mit Lockenwicklern im Haar empfing. Da ärgerte es mich, wenn sie plötzlich überall herumrannte und von mir verlangte, ich solle es ihr gleichtun, damit die Studentin auch ja einen sauberen Empfang bekam. Ich war neidisch auf den Respekt, den sie meiner Kommilitonin gegenüber an den Tag legte, die ich gebeten hatte, den Schlimms nichts weiter über mich zu erzählen. Und sie hatte Wort gehalten. Außerdem verehrten die Schlimms sie regelrecht. In ihrer Gegenwart sah Madame immer wie geleckt aus. Die Wohnung hingegen fand ich im widerlichsten aller Zustände vor.

Im Schlafzimmer ließ Madame ihre Schlüpfer herumliegen. Am Bett fand sich auch schon mal ein gebrauchter Tampon.

Schließlich steckt man nicht zwei Schwerter in dieselbe Scheide; wo ein Stängel ist, da kann kein zweiter sein. Weil Madame glaubte, ich wäre auf den Kopf gefallen, hinterließ sie mir ganz ungeniert den ausgedienten Stängel und gab mir damit zu verstehen, wie sehr sie mich schätzte. Ich fühlte mich gedemütigt, sowohl in meinem Menschsein als auch in meinem Frausein. Da ich aber inzwischen eine gewisse Erfahrung mit Hauswirtschaftsjobs gesammelt hatte, parierte ich diese Attacken mit dem Schild der Moral. Dass ich Madames ordinäres Benehmen hinnahm, konnte meiner Würde nichts anhaben. Irgendwie muss man ja über die Runden kommen. Mit der Würde von Madame hingegen war es angesichts der erniedrigenden Behandlung, die sie mir zuteil werden ließ, so gar nicht zum Besten bestellt. Manchmal sang ich sogar, während ich malochte. Wenn man geknechtet und verhöhnt wird, schmiedet man sich einen Panzer. Die einen nennen ihn Mut, die anderen Hochmut. Doch wie auch immer man ihn bezeichnet, damit kann man den Teil der Würde retten, der die Brücke bildet zwischen einem selbst und den anderen. Kunigunde sagt: „Eine ehrbare Person mag einmal vergewaltigt werden; ihre Tugend wird umso fester werden." Ich resignierte nicht etwa, sondern konnte innerlich sogar besser widerstehen.

Das ganze Jahr über hatten mir die Schlimms ihren Dreck, ihre Makel und ihr vulgäres Gehabe vorgeführt. Zu übertünchen versuchten sie dies allenfalls im Beisein von Leuten, die sie für gebildet hielten – also für ihresgleichen –, dabei konnten die keinem Orang-Utan etwas beibringen.

Ich behaupte, Freuds gesamte Wissenschaft vom Menschen verbleibt im Vagen. Schließlich wandte er sich an Leute, die von seiner Gelehrtheit überzeugt waren. Viele Menschen öffnen sich aber nur dann so richtig, wenn sie glauben, ihr Gegenüber wäre weder fähig zu denken, noch zu urteilen. Hätte Freud, mit seinem Wissen ausgerüstet, in der Mitte der Gesellschaft den Besen geschwungen, er hätte besser und mehr über die menschliche Natur gelernt.

Was mich betrifft, so konnte ich nicht nur auf die Kraft der Erwachsenen bauen, um mich der harten Arbeit und den Verspottungen zu stellen. Erinnerungen an meine Kindheit waren mir eine große Hilfe. Zwei Bilder sind tief in mir verwurzelt. Sie dienten mir als Krücken, wenn mein Wille zu schwächeln drohte. Bilder meiner Großeltern, die fünftausend Kilometer von mir entfernt an meinem Überlebenskampf teilhatten und vielleicht gar nicht darum wussten.

Ich habe die beste aller Großmütter. Zwar hat sie mir keine Gutenachtgeschichten vorgelesen und mich an meinen Geburtstagen nicht geküsst. Aber sie hat mir Couscous gemacht, soviel ich wollte, und mir das Leben so erzählt, wie es wirklich ist. Sie hat sich geweigert, es den Großeltern dieser Welt gleichzutun, die ihren Enkelkindern etwas vormachen, indem sie den Märchenton anschlagen, um ihnen das Leben so zu erzählen, wie es nie sein wird.

Ich habe den besten aller Großväter. In den vom Regen befruchteten Hirsefeldern des Sahels hat er mir keine Blümchen gepflückt, sondern einen Spaten in die Hand gedrückt und gesagt, ich solle umgraben. Darüber bin ich dermaßen ins Schwitzen geraten, dass ich begriff: Die schönsten Blumen brauchen Schweiß zum Wachsen. Sie zieren ein Leben in Würde. Nur ein solches verdient es, gelebt zu werden.

Das entwürdigende Etikett, das Monsieur Schlimm mir verpassen wollte, kam für mich bloß einem Stück Dickicht gleich, das es zu durchqueren galt, um bis zum Bach vorzudringen, der den Durst stillt. Mochte Monsieur Schlimm nur so weitermachen. Mein Schweiß tränkte, was sein Speichel nicht vergiften konnte. Soll sich der Teufel ruhig die Nacht zunutze machen, die Sonne lässt nicht lange auf sich warten, um ihm die Augen auszustechen. Das Leben ist wie eine untreue Geliebte, braucht das Dunkel, um sich der Sonne stärker zu erfreuen, deren Licht die Schatten schließlich verscheucht. Monsieur Schlimm schien davon nichts zu ahnen. Bis zu dem Augenblick, als er in der Straßburger Bibliothek auf Kunigunde stieß.

Die Tage, an denen ich putzfrei hatte, nutzte ich fürs Studium. Samstagvormittags standen weder Saubermachen noch Vorlesung auf dem Plan. Dann ging ich in die Bibliothek, ein geruhsames Ritual, an dem ich hing. In der Bibliothek angekommen, traf ich meine Studienfreunde, fühlte mich geradezu wie eine Studentin. Dort kam ich mir vor wie in einer schützenden Blase, wo ich vor dem Chlorreiniger sicher war, der mir sonst oft in der Nase kitzelte. Dort spielten Monsieur Schlimms seltsame Wortschöpfungen keine Rolle. Mein Herz musste sich nicht zusammenkrampfen, um sich zu wehren, sondern erstrahlte im geheimnisvollen Glanz der Bücher. Nur platzen Blasen eben hin und wieder. Und dies geschah eines

Samstagmorgens mit der meinen. Als ich gerade aus dem Leseraum mit den Mikrofilmen trat, fuhr mich plötzlich eine vertraute Stimme an:

„Sie hier? Was machen Sie denn hier?"

Die Stimme gehörte Monsieur Schlimm. Mit seinem strammen Schnurrbart und vorstehenden Augen sah er mich von oben bis unten an. Ich rang ein Augenblick lang um Gelassenheit und antwortete ihm dann ruhig:

„Ich suche nach Büchern, genau wie Sie, Monsieur."

„Aber für wen denn? Also, wozu denn?"

„Für mich, Monsieur, um sie zu lesen."

„Studieren Sie etwa?"

„Ja", antwortete ich.

„Was denn?"

„Literaturwissenschaft."

„Ja, gut, aber wie weit sind Sie im Studium?" Er hatte auf einmal das Bedürfnis, mich unter die Lupe zu nehmen.

„Ich promoviere in Kürze."

„Aber, aber, Sie haben mir ja gar nicht gesagt, dass…", stammelte er.

„Nein", unterbrach ich seinen Satz. „Sie brauchen schließlich eine gute Putzfrau, und ich bin eine gute Putzfrau."

Er holte tief Luft und fuhr fort:

„Sie hätten mir sagen sollen, dass…"

„Dass…?", wiederholte ich fröhlich. „Dass

Kunigunde gern den Vorträgen des Professors Pangloss lauschte, bevor sie am Ufer des Marmarameers Schüsseln spülte, oder dass häufiges Putzen die Hände austrocknen mag, aber nicht das Gehirn?"

Er ließ die Schultern hängen. Die verkrampften Züge seines inzwischen rot angelaufenen Gesichts waren wie erstarrt. Darin schien sich all der schlechte Wein angestaut zu haben, den er in seinem gar nicht feinem Leben bisher in sich hineingeschüttet hatte. Offensichtlich war es die Verlegenheit, die ihm das Gesicht färbte. Ich tötete ihn mit einem kurzen Blick, schenkte ihm ein breites Putzfrauenlächeln, nahm meine Bücher und ging. Er verfolgte mich nur mit den Augen, rührte sich nicht von der Stelle. Diesmal beäugte er weder meinen Hintern noch mein Dekolleté, sondern seinen geballten Stumpfsinn. Schlimm hatte mein Putzfrauenhirn für träge gehalten, mittlerweile aber begriffen, dass diesem keine einzige seiner Flegeleien entgangen war.

Am folgenden Sonntagnachmittag klingelte bei mir zu Hause das Telefon.

„Guten Tag", grüßte mich eine weibliche Stimme. „Madame Schlimm am Apparat. Ich wollte Ihnen nur sagen, dass wir Sie in den kommenden Wochen nicht brauchen. Aber keine Sorge, Sie hören von uns."

„Wie Sie meinen, Madame“, erwiderte ich, überlegte kurz und fügte hinzu: „Kunigunde wird Ihnen stets treu ergeben sein.“

Die Schlimms haben nie wieder bei mir angerufen. Ich warte heute noch auf ihren Anruf und auf die 160 Francs für meine letzten vier Putzstunden, die sie mir noch immer schulden.

Abendmahl mit einem Professor

Auf dem mit Intarsien verzierten Parkett stand ein großer, massiver Holztisch. Es schien, als wäre er extra für Honoratioren gefertigt worden. Er gehörte einem wichtigen Herrn, ja, einem gesellschaftlich wichtigen Herrn, der die Normen der Allgemeinheit festlegte. Er war Dozent und Doktor und Universitätsprofessor. Wie an anderen Abenden zuvor, war ich auch diesmal bei ihm zum Essen eingeladen. Es war immer das gleiche Ritual.

Er hatte einen Biosalat in einer Glasschüssel angemacht, Biokäse auf ein Glastablett gelegt und eine Austernpilzpastete zum Aufwärmen in den Ofen geschoben, die auch bio war.

Nachdem wir uns kurz begrüßt hatten, bat er mich zu Tisch und sagte:

„Ich hoffe, du hast Appetit. Ich habe was Feines gekocht.“

„Nicht so richtig“, entgegnete ich.

„Wie jetzt, nicht so richtig? Ich habe das alles doch nicht umsonst gekauft!“

Darauf gab ich keine Antwort. Jedenfalls würde er sein Biomahl auch ohne mich verspeisen. Kurz darauf servierte er den Biosalat, erst mir, dann sich. Wir fingen an zu essen. Im Anschluss an den ersten Gang brachte er die dampfende Pastete, schnitt mir ein Stück ab und dann eins für sich. Wenig später war der Käse an der Reihe. Ein Abendessen ist wie ein Satz aufgebaut: Subjekt, Prädikat, Objekt. Der Herr Professor hatte auch ans Dessert gedacht. Trockenfeigen sollten für die Zeichensetzung sorgen. Die waren bestimmt auch bio. Wie viele Großbürger war auch der Herr Professor der Alles-bio-Mode zugetan. Dabei braucht man ja keine Soziologin zu sein, um zu wissen, dass Bioprodukte einer Minderheit vorbehalten sind. Man muss erst einmal wissen, wovon man sich ernähren soll, bevor man sich fragen kann, worauf man verzichten will. Man muss erst einmal das Nötigste haben, bevor man sich was Besseres besorgen kann. So geht es zu in der Welt: Auf der einen Seite diejenigen, die versuchen, das Leben auszukosten, auf der anderen Seite die, die alles tun, um es nicht zu verlieren. Während mir das durch den Kopf ging, zeigte er mir seine neueste CD und fragte dann:

„Kennst du den Komponisten?“

„Nein“, antwortete ich.

„Du willst mir doch nicht im Ernst sagen, dass du diesen großen Komponisten der Romantik nicht kennst?“, empörte er sich.

„Das macht doch nichts. Du wirst mir schon was über ihn erzählen. Ich lerne ja gern dazu.“

Egal war es mir nicht, aber ich schämte mich nicht im Geringsten, dass ich diesen berühmten Komponisten nicht kannte, auch wenn der Herr Professor glaubte, bei mir eine Bildungslücke entdeckt zu haben. Mit Musik ist es doch wie mit Eis oder anderen Speisen. Man merkt sich nur, woran man Gefallen gefunden hat. Um meinen Gastgeber aufzulockern, erzählte ich ihm, wie mich meine Vorliebe für Cellomusik einmal fast den Job gekostet hätte.

Damals putzte ich einige Stunden pro Woche für Leute, die ins Theater und in die Oper gingen. Mir war nie so ganz klar, ob sie das aus echtem Interesse taten oder bloß Schaum schlagen wollten, was ja viele Snobs tun, die erst in *Cena furiosa* gehen, um am Tag darauf zu sagen: „Hach, wir waren gestern in einem Verdi-Konzert.“ Eines Tages indes stieß ich beim Säubern ihres Wohnzimmers inmitten wertloser Porzellanfiguren auf eine CD. Ich fuhr mit der Hand über die Hülle, um den Staub abzuwischen und las darauf: „Suiten für Violoncello, Johann Sebastian Bach“.

Ich konnte nicht anders, ich musste die CD einfach anhören. Die Klänge waren sanft und gleichzeitig dramatisch. Jeder einzelne Ton schien an einer ganz bestimmten Stelle meines Herzens niederzugehen, dann ganz allmählich wieder fortzuschweben und etwas von der Pein in mir mit sich davonzutragen, was die Wörter trotz ihrer Kraft noch nicht geschafft hatten. Ich saß mit dem Rücken an die Wand gelehnt, das Kinn auf die Knie gestützt und lauschte. Die Zeit zeigte sich taktvoll, wiegte mich. Ich lauschte. Plötzlich ein Schlüsselgeräusch. Die Wohnungstür ging auf. Madame trat ein. Es war also schon Mittag. Ich war spät dran. Sie schrie:

„Das nennen Sie arbeiten! Ich bezahle Sie also dafür, dass Sie Musik hören."

Überrumpelt stand ich auf und murmelte eine vage Entschuldigung. Innerlich sagte ich mir allerdings: Das Glück schert sich eben nicht um verfliegende Minuten.

Diese Geschichte brachte das Professorengesicht zum Leuchten. Schließlich erklärte mir der Herr von oben herab, wer der große Komponist war, dessen CD er mir gerade gezeigt hatte. Das Abendmahl endete in einer finsteren Stille, die allenfalls durch seinen schlüpfrig glänzenden Blick ein wenig aufgehellt wurde. Um ein Gespräch in Gang zu bringen, erzählte er mir knapp, wie sein

Arbeitstag gelaufen war. Er wusste noch immer nicht, warum ich kaum Appetit hatte, und er fragte auch nicht danach. Angesichts dieses Nicht-Fragens fiel mir ein, dass er sich denken konnte, wie ich mich fühlte. Er konnte sich denken, dass ich sieben Stunden geputzt hatte, anschließend in der Vorlesung gewesen war und an seinem Honoratiorentisch den hartnäckigen Putzmittelgeruch an meinen Händen mit Parfum kaschiert hatte. Doch sein Schweigen besagte: *Das geht mich nichts an.* Was manchmal heißt: *Das höre ich mir nicht an.*

Er wusste durchaus, was los war; er tat nur so, als wüsste er nicht um den undankbaren Teil meines Lebens, akzeptierte nur dessen fröhliche Seite. Es gefiel ihm, wenn man lachte und lächelte, Tränen trocknen konnte er dagegen nicht. Was er nicht wusste, war, dass derjenige, der aus einer Kalebasse essen will, darin stets noch das Couscous der Vortage zu riechen glaubt. Während ich mich fragte, wie ein Mann eine Frau mögen und sie gleichzeitig regungslos untergehen lassen kann, meinte er zu mir:

„Setzen wir uns. Lauschen wir diesem großen Musiker."

Er schaltete die Stereoanlage ein, setzte sich in seinen kleinsten Sessel und zog mich zu sich heran. Es war, als verzehrten die Flammen im Kamin die letzten Reste meiner Hoffnung auf Zärtlichkeit, als vereinigten sie sich mit den Klängen der Musik, um das Professorenblut in Wallung zu bringen. Natürlich stand sein Prügel schon stramm, stieß sogleich zuckend gegen meinen Hintern. Im Nu entledigte sich der Herr seiner Kleidung. Kaum hatte ich seinen Kuss erwidert, da zog er auch mich aus, prüfte mit der Hand nervös den Grad meiner Feuchtigkeit, wollte herausfinden, ob der Weg frei war. Doch er merkte, dass es noch nicht soweit war, streichelte mich dann mechanisch und küsste ein paar Mal fordernd meinen Hals. Als ich den Kopf hob, hielt er dies offenbar für eine Geste des Verlangens, jedenfalls legte er sich prompt zwischen meine Beine. Ich stützte mich mit einer Hand auf seinem Perserteppich ab und richtete mich ein wenig auf, um mein gebeuteltes Bein zu entlasten. Da glaubte er, der Augenblick wäre gekommen, drang in mich ein, glitt in mich wie im Sahel die Schlange ins Hirsefeld. Während er zappelte, schaute ich über seine Schulter.

Nicht zum ersten Mal sah ich unten im Regal ein Buch mit dem Titel „Sex und Schrecken". Auf dem Umschlag war eine Frau abgebildet, deren schauriger Blick einen bis in die letzte Wohnzimmerecke zu verfolgen schien. Ich hatte dem Professor gesagt, wie unheimlich mir dieser Blick war. Doch er hatte das Buch nicht weggelegt, denn der Herr legte niemals etwas für jemanden weg.

Er klammerte sich noch immer an mich, zappelte weiter. Dann grunzte er. Egal welche gesellschaftliche, moralische oder körperliche Größe ein Mann auch haben mag, zwischen die Beine einer Frau passt er immer. Der Schoß der Frau ist das A und O des Mannes. Dort kommt er her, dorthin kehrt er zurück, immer wieder, sein ganzes Leben lang. Während der Herr Professor zappelte, spürte ich, wie ich ohne es zu wollen immer feuchter wurde. Immer wieder glitt er rein und raus, rein – raus, rein – raus – ich will rein – da bin ich – oh ja! Er grunzte lauter. Der Gipfel rückte näher.

Ich wollte einfach, dass er mir was Nettes sagte, wie: *Du bist schön. Du machst mich verrückt.* All diese Worte, die in solchen Momenten nicht viel besagen, aber zeigen, dass man mit dem Herzen dabei ist. Der Herr sagte nichts. Zum Geburtstag würde ich ihm eine Sexpuppe schenken. Alles, was er fühlte, behielt er für sich. Er kam ganz für sich allein und küsste mich danach, wie man eine Katze oder einen artigen Hund küsst. Anschließend stand er auf, trank ein Glas Wasser und bot auch mir eins an. Ich murmelte nur:

„Nein, danke."

Er sah mich an und fragte mich dann etwas, womit ich gar nicht mehr gerechnet hatte:

„Du bist wohl heute nicht so gut drauf?"

„Nein."

Gut drauf war ich ganz offensichtlich nicht. Er aber, der nie etwas umsonst tat, der nur seinem eigenen Herz lauschte und von dessen Klängen wie gefesselt war, der nur sich selbst liebte und Glück mit Ungebundenheit gleichsetzte, er gab nicht das Geringste von sich preis. Seine Kacke überließ der Professor wohl nur deshalb dem Klo, weil er nicht wusste, was er mit ihr anfangen sollte. Wenn er sich an mich klammerte, drückte er sich selbst. Vielleicht fürchtete er ja, ich könnte mit seinem Penis in mir die Flucht ergreifen. Ich wünschte, ich hätte Zähne in der Vagina und könnte ihm so den einzigen Teil seiner selbst entreißen, dem klar war, dass es auf beide ankam. Ahnte er vielleicht etwas von meinen Gedanken? Ich werde es nie erfahren. Jedenfalls hatte er sein schales Biomahl nicht umsonst erstanden. Mir war, als hätte er tief in mir drin danach gesucht, als hätte er meine Gedärme inspiziert, wo seine Bioprodukte nun lagerten, die er ausgewählt hatte wie der Juwelier seinen Schmuck.
Als ich aufstand, durchbohrte mich die Frau aus „Sex und Schrecken" schon wieder mit ihrem Blick. Das Entsetzen in ihrem Gesicht hätte in jeden Hitchcock gepasst. Weigerte sie sich etwa, beim Sex zu stöhnen, damit ihr die Seele nicht aus dem Mund entwich? Hatte sie den etwa die ganze Zeit über geschlossen gehalten? Hatte sich ihre von einem Mann bedrängte Seele deshalb in zwei Hälften gespalten, um schließlich aus ihren Augen

zu entfliegen? War das der Grund für diesen herzzerreißenden Blick?

Ich selbst hatte nicht gestöhnt. Ich hatte den Mund auch nicht geschlossen gehalten. Ich blickte sie oft an, weil ich sie nicht sehen wollte. Neben dem Kamin musste sie durstig sein. Ich bat den Professor um ein Glas Wasser.

Der Kamin trauerte um seine letzten Flammen. Sein schwarzes Herz war von Verzweiflung erfüllt. Ich träumte, eines Tages würde mich ein Mann selbst ohne Feinkostmahl in einen Sinnesrausch versetzen, indem er mir einfach sagte: „Ich liebe dich." So könnte ich es ein für alle Mal vergessen, dieses Herz aus Stein, das vor Gefühlen nicht gerade strotzte. Nicht etwa „Sex und Schrecken" ist ein Graus, sondern das kalte Rein und Raus.

Im sujet verlag erschienen...

Der Wiederaufbau

Eugéne Green
Aus dem Französischen von
Schirin Nowrousian
ISBN 978-3-933995-96-4
208 Seiten, 14,80 €

Eugène Green ist Filmemacher, Theaterregisseur und Schriftsteller. Er hat vier Spielfilme gedreht. In Frankreich ist er zudem bekannt für seine Schriften zur Barockkultur und zum Kino. Er hat Gedichte und Erzählungen veröffentlicht sowie, seit 2008, vier Romane. Der Wiederaufbau ist sein erster Roman.

Jérôme Lafargue, ein französischer Literaturprofessur um die 50, wird eines Tages telefonisch von einem Deutschen kontaktiert, der ihn wegen eines rätselhaften Anliegens sprechen möchte. Dieser unbekannte Deutsche namens Johann Launer hat den Verdacht, dass er selbst gar nicht ist, wer er ist und erhofft sich von dem Franzosen, dass dieser ihm bei der Findung seiner wahren Identität helfen kann. Johann Launer bittet Jérôme Lafargue sich an seinen Aufenthalt in München 1968 zu erinnern. Denn damals erfuhr Lafargue Dinge über den Deutschen, die Johann Launer zu seiner wahren Identität führen könnten. Lafargue vollzieht auf der Suche nach der Gegenwart des Vergangenen einen geistigen Wiederaufbau, dessen Tragweite weit über eine rein persönliche Ebene hinausreicht.

Ro Jîn, *Sonne des Lebens*

Berzan Kejo

ISBN 978-3-933995-89-6
316 Seiten, 14,80 €

Berzan Kejo, geboren in Al Kamishly, Syrien, als Sohn kurdischer Eltern, flüchtete in die Bundesrepublik Deutschland und wurde als politischer Flüchtling anerkannt, nachdem er vier Jahre in einem Auffanglager für ausländische Flüchtlinge zubrachte. Kejo ist Maler, Bildhauer, Designer und Filmemacher. Heute lebt er in Deutschland. Ro Jîn ist sein erster Roman und trägt autobiografische Züge.

Dilo ist 16 Jahre alt, als er seine Heimatstadt Qamischlo verlässt. Er ist auf der Suche nach einem besseren Leben, flieht aus der Strenge seines Elternhauses, flieht vor den Anfeindungen und Diskriminierungen, die er als Kurde in Syrien erleben muss. Sein Ziel ist Paris, für ihn das Synonym für innere und äußere Freiheit. Jung wie er ist, ahnt er nicht im Entferntesten, was ihm bevorsteht, obwohl er mit der Geschichte der Kurden und ihrer immerwährenden Bedrängnis aufgewachsen ist.
Der Weg ist weit. Es erwarten Dilo Versuchungen und Anfeindungen, Freundschaft und Verrat, Gewalt und Liebe und viele neue Fragen. Eines verliert er auf seinem Weg jedoch nicht: den Wunsch nach einem freien, selbstbestimmten Leben unter Gleichen, ohne Vorurteile und Repression.

Das Zimmer der unkeuschen Jungfrau

Amin Zaoui

Aus dem Französischen von Christina Belakhdar

165 Seiten, 14,80 €

ISBN 978-3-933995-97-1

Amin Zaoui wurde 1956 in Algerien geboren. Er ist Schriftsteller und Journalist bei liberté. Nach der öffentlichen Verbrennung eines seiner Bücher durch die algerischen Islamisten, folgte er der Einladung des internationalen Schriftsteller-Parlaments nach Frankreich. Seit 2000 lebt und arbeitet er wieder in Algerien.

Auf dem Weg ins Dorf, um seiner Mutter einen halben Zuckerhut zu kaufen, schließt sich der sechzehnjährige Ailane frei- oder unfreiwillig den Islamisten an. Das erfährt der Leser nicht. Algerien ist zu diesem Zeitpunkt ein Pulverfass; die Jugendlichen gehen auf die Straße und schreien ihr Unbehagen aus. Der 5. Oktober wird blutig niedergeschlagen. Das ist der Tag, an dem er geht. Am 11. September 2001 kehrt er zurück. Ein Zufall? Am 11. September werden die Karten der internationalen Politik neu gemischt, neue Feindbilder heraufbeschworen. Dreizehn Jahre bleibt er im Lager der barbus, der Bärtigen, hier erlebt er ihre Grausamkeit, ihren Hang zu Drogen, ihre Homosexualität. Sein Doppelgänger bleibt zu Hause, erfahren wir am Ende des Romans. Doch er mag seinen Doppelgänger nicht. Wer ist nun wer? Eine Reise zwischen den Hirngespinsten einer grausamen Realität und den bizarren Auswüchsen verdrängter oder enttäuschter Gefühle.

Gare du Nord

Abdelkader Djemaï
Aus dem Französischen von
András Dörner
ISBN 978-3-933995-69-8
100 Seiten, 12,80 €

Abdelkader Djemaï wurde 1948 in Oran, an der algerischen Mittelmeerküste geboren und lebt seit 1993 in Frankreich. Als Journalist arbeitete er u. a. mit der von Jean-Paul Sartre gegründeten Zeitschrift „Les Temps modernes" und mit „Le Monde diplomatique" zusammen. Für sein literarisches Schaffen wurde er mit dem „Amerigo-Vespucci-Preis", dem „Tropenpreis" sowie dem „Albert Camus-Entdeckungspreis" ausgezeichnet. Tatsächlich hat Abdelkader Djemaï eine große Affinität zu Albert Camus, ebenfalls algerischer Herkunft, dem er einen Essay mit dem Titel „Camus à Oran" widmete.

„Gare du Nord" ist ein Roman über Freundschaft und das sich seinem Ende zuneigende Leben dreier Exilanten nordafrikanischer Herkunft im Ruhestand. Ort des Geschehens ist Paris, insbesondere der Wohnort „Heim der Hoffnung", das Stammbistro „Der grüne Krug" und der Gare du Nord, der Nordbahnhof, wo die Protagonisten Bonbon, Zalamite und Bartolo ihren Lebensabend verbringen. Dieser Bahnhof wirkt auf die drei Freunde wie ein Tor hin zu ihrer so schmerzlich vermissten, fernen Heimat. Er spendet ihnen Geborgenheit und ist gleichzeitig ein provisorischer Rückzugsort innerhalb einer fremden Stadt, die sich ihnen größtenteils verschließt und sie auf Distanz hält. Eines Tages wird der gewohnte Lauf der Dinge jedoch durchbrochen, als Bonbon, der Älteste, noch einmal aufbricht, um seine Familie in der Heimat zu suchen ...